DU MÊME AUTEUR

Au Mercure de France

LE CHEVAL BLANC D'UFFINGTON, 2002
LE NARRATEUR, 2004
UN CHAPEAU LÉOPARD, 2008
LES DÉBUTANTS, 2011, Folio n° 5556
DIALOGUE D'ÉTÉ, 2014
VOYAGE AVEC VILA-MATAS, 2017

Chez d'autres éditeurs

LES GOUVERNANTES, Champ Vallon, 1992
UN VOYAGE EN BALLON, Champ Vallon, 1993
EVA LONE, Champ Vallon, 1993
LA PETITE ÉPÉE DU CŒUR, Le Temps qu'il fait, 1995
FILM, Le Temps qu'il fait, 1998
AU SECOURS, Champ Vallon, 1998
LE.MAT, Verdier, 2005
PETITE TABLE, SOIS MISE !, Verdier, 2012
GRANDE TIQUETÉ, Champ Vallon, 2020

AU CŒUR D'UN ÉTÉ TOUT EN OR

Anne Serre

AU CŒUR D'UN ÉTÉ TOUT EN OR

NOUVELLES

MERCVRE DE FRANCE

Chacun de nous est plusieurs à soi tout seul, est nombreux, est une prolifération de soi-même (...) Il y a des gens d'espèces bien différentes dans la vaste colonie de notre être, qui pensent et sentent différemment.

FERNANDO PESSOA

PLUS MYSTÉRIEUSE, PLUS INCONNUE

Ma mère a fait ses paquets, elle est prête à partir. Mais le dimanche après-midi, au tout dernier moment, elle téléphone pour nous proposer de venir dîner avec elle. J'ai mis le frigidaire à dégivrer, m'explique-t-elle. Il faut bien que je fasse cuire ce poulet avant qu'il ne se gâte.

Rien ne peut me surprendre autant que ces mots de ma mère qui est une femme élégante, peu douée pour la vie pratique, ne s'occupant jamais de son frigidaire ni de cuisiner : elle a pour cela une aide ménagère qu'autrefois on appelait une cuisinière. Mais maman, lui dis-je, je ne te comprends pas, que se passe-t-il ? C'est comme je te le dis, dit ma mère qui n'a jamais employé cette expression de toute sa vie, ça m'embêterait que ce poulet se perde, et puis vous pouvez bien venir dîner de temps en temps, Françou et toi. François est mon compagnon, je ne l'ai jamais appelé Françou ni quiconque à ma connaissance, et ma mère encore moins qui l'a toujours vouvoyé. Maman, lui dis-je, il y a quelque chose qui ne va pas. Je ne te reconnais pas. Ce n'est pas ta manière de parler. Et à ma stupéfaction j'entends un ricanement plutôt désagréable : Ah ah ah, fait ma mère, ça t'apprendra.

Je raccroche aussitôt, médusée. François n'est pas là, j'hésite sur la conduite à tenir. Maman est en plein délire, me dis-je, c'est de la démence sénile, pourtant elle n'a que soixante-huit ans mais il paraît que parfois ça commence tôt. Je tourne en rond dans le séjour puis décide de prendre ma voiture et d'aller la retrouver pour constater ce qui se passe et éventuellement faire intervenir un médecin. Nous habitons en ville; maman dans un village voisin à une vingtaine de kilomètres. Je ne comprends pas, me dis-je en sortant du garage, hier au téléphone elle était parfaitement normale. Ma petite fille, m'a-t-elle dit, je ne voudrais vraiment pas vous déranger. C'est très gentil de votre part et très aimable à François de vouloir m'emmener avec vous pour le week-end, mais je crains d'être un poids. N'hésite pas à changer vos projets, je me sens très bien à la maison, nous pouvons parfaitement attendre la semaine prochaine pour nous voir.

Cela, c'est ma mère. Ma mère parle ainsi et pense ainsi. Jamais elle ne m'a parlé de congélateur ni de poulet à finir, ou alors c'était sur un autre ton, un autre mode : Ma petite fille, ne crois-tu pas que nous devrions manger ce poulet qui est au frigidaire depuis quelques jours ? Sandra le préparera (Sandra est la cuisinière). Et ceci, seulement si je suis chez elle, que nous sommes dans la cuisine et qu'elle me voit ouvrir la porte du frigidaire. Sinon, elle n'y penserait même pas.

Que se passe-t-il avec maman ? Je roule, un peu inquiète, et quand je me gare devant le portail de la maison, il me tarde de la voir et de la reconnaître. Je sonne puis je lance un hou hou! comme d'habitude, pour signaler que c'est moi, et quand ma mère ouvre la porte je suis à la fois soulagée et surprise. C'est elle et ce n'est pas elle. C'est-à-dire que c'est bien maman avec ses cheveux retenus, son beau visage, mais elle porte une robe insensée jaune et vaporeuse que non seulement je ne lui ai jamais vue mais qui ne ressemble pas à ses tenues habituelles. Nous nous embrassons, elle me fait entrer dans le salon, ce qui me rassure un peu parce que c'est notre rituel quand j'arrive, et elle ne manifeste que légèrement sa surprise de me voir, ce qui est aussi dans ses manières.

Je suis ravie de te voir, ma chérie, me dit-elle, mais je ne t'attendais pas, que se passe-t-il? Elle me fait penser à Liz Taylor. C'est ça. Pas à cause de la coiffure qui chez ma mère est ramassée au-dessus de la nuque, mais à cause du joli visage très précis au petit nez droit, aux yeux bleu foncé, à la manière si particulière qu'avait l'actrice d'être présente bien autant dans son corps que dans son visage, et puis aussi à cause de cette robe jaune, courte, en mousseline. Tu as une robe ravissante, lui dis-je, je ne te l'avais jamais vue. Bah, fait ma mère, elle était dans un placard, elle doit bien dater des années soixante et elle me va toujours bien, non? Je m'efforce de rire avec gentillesse. Mais elle est un peu étonnante pour un dimanche d'hiver, non? Tu as toujours été un peu conformiste, ma chérie, me dit ma mère en expulsant des ronds de fumée, elle que je n'ai jamais vue fumer.

Je sais bien qu'on ignore tout de ses proches. Ou du

moins, d'une grande part de ses proches qui peut vous rester dissimulée à vie et qu'on découvre parfois soudain après leur mort dans les notes d'un agenda, un journal intime ou des lettres, mais tout de même. Me traverse alors l'esprit que ma mère a peut-être rencontré quelqu'un. Un homme. La robe jaune, ce ne peut être que cela. Sa nouvelle manière de fumer. De ressembler à Liz Taylor. Je guette malgré moi des pas dans la maison, une présence. J'imagine un homme qui s'encadrerait soudain dans l'ouverture de la porte et dirait : Hello ! Comment allez-vous ? Je suis le compagnon de Liz (ma mère s'appelle Élisabeth). Mais non, la maison semble vide en dehors de nous deux. Je surprends un regard extrêmement étrange de ma mère sur moi : elle me guette. Je ne lui ai jamais vu ce regard. Son attitude habituelle, c'est une espèce d'indifférence aimable.

J'insiste. Que voulais-tu dire avec ce poulet ? Je n'ai pas compris pourquoi c'était important. D'ordinaire tu ne sais même pas ce qu'il y a dans tes placards de cuisine ou ton frigidaire. Tu ne t'en occupes pas. Ma mère se penche comme une jeune fille, écrase sa cigarette dans un cendrier posé sur la moquette, se lève et traverse le salon : On change, parfois, me dit-elle en fouillant dans des papiers posés sur un bureau. Cela ne t'arrive jamais ? Mais tu es encore si jeune. Puis elle se retourne, et dans sa robe jaune, avec son beau visage décidé aux yeux si bleus que je me rappelle soudain une femme lui disant : Élisabeth, vous avez des yeux magnétiques, je la trouve plus jeune et plus vitale que moi, plus sexy, plus méchante, plus mystérieuse, plus inconnue.

COMME S'IL ÉTAIT MORT

La carte postale représente une esplanade plantée de palmiers qui s'alignent sous un ciel trop bleu au bord d'une mer trop bleue. Ce n'est pas un mauvais choix de carte, elle est de celles qui font rêver de partir, de voyager davantage, de voir du pays, de quitter ses habitudes et, grâce à tout ce mouvement, d'y gagner un peu en liberté et en intelligence. Peu de gens envoient encore des cartes postales et c'est bien dommage. Nous n'en avons plus besoin pour découvrir des monuments, des rues ou des places que nous verrons bien mieux sur le Net, mais les images de l'ordinateur, animées ou non, ne donnent pas cette envie immédiate de s'embarquer comme le font les cartes postales.

C'était une carte de Valérie qui m'écrivait : Décidément j'adore cette région dont je ne me lasse pas. Tu *devrai* aller y faire un tour un jour, et elle avait oublié le s de devrais. Je me demandais toujours comment on pouvait oublier un s. Était-ce que la personne ne se relisait pas ? Je trouvais bizarre de ne pas se relire. Ou peut-être que Valérie ne parvenait pas toujours à faire la différence entre le je, le tu et le il ou elle. Ou entre le futur et le conditionnel.

J'aime beaucoup les palmiers, le ciel bleu, la mer bleue, mais je n'aime pas tellement les esplanades vides. Il n'y avait strictement personne sur cette esplanade. Et pour le coup, je trouve qu'un bord de mer vide, surtout quand les palmiers sont alignés, est sinistre. Je crois que je leur préfère encore un quinze août à Paris où le désert est assez atroce aussi, mais au moins on est chez soi, avec ses affaires.

J'ai imaginé aller séjourner dans un hôtel de cette ville de bord de mer trop bleue sous un ciel trop bleu avec les douze palmiers jaunes de l'esplanade vide et je me suis dit que ce serait à se flinguer. Mais Valérie trouve du charme à de nombreuses situations que pour ma part je trouve sans charme aucun, ce qui prouve sa grande force. Cela dit, j'ai connu un garçon qui toute sa vie rechercha justement les villages, les stations balnéaires et les lieux de vacances les plus tristes et les plus déserts. Je ne sais pas pourquoi : il aimait cela. J'imagine que cela avait pour lui une certaine puissance érotique. Ou bien qu'il y goûtait le plaisir d'y être un absolu inconnu. Il pouvait donc alors y être quelqu'un d'autre. Dans un relatif désert, on peut davantage être quelqu'un d'autre que dans une compagnie relative ou non.

Être quelqu'un d'autre, cela m'a évidemment toujours un peu tentée (juste pour vingt-quatre heures, une semaine au maximum). Débarquer quelque part, m'habiller autrement, me coiffer autrement, me conduire autrement, faire ainsi trois petits tours puis hop, revenir, et en chemin me retrouver.

J'ai bien regardé la carte postale de Valérie, et elle m'a fait penser à deux choses : à un bord de mer en Martinique dans une petite ville assez triste et moche, mais aussi, et très bizarrement, à des vacances passées autrefois en Italie et dont j'ai tant grossi le charme avec le temps que désormais ce souvenir de vacances en Italie m'apparaît radieux dans un lieu radieux. J'ai mieux regardé la carte, j'ai même pris une loupe, et j'ai vu que dans l'embrasure de la fenêtre d'un bâtiment qui bordait l'esplanade il y avait une femme, accoudée, qui ressemblait à Sophia Loren du temps de sa splendeur. Puis j'ai vu la silhouette presque aux trois quarts cachée par le tronc d'un palmier, d'un homme la tête levée vers elle. J'ai pensé que le photographe de la carte postale avait photographié cet amour. J'ai pensé que s'il avait accordé tant d'importance à la mer trop bleue, au ciel trop bleu et à l'esplanade vide, c'était pour mieux dissimuler cet amour dont il était le témoin mais qu'il ne voulait pas révéler au premier coup d'œil. Puis j'ai vu un chat dans une rue, des volets s'ouvrir, des gens descendre vers la plage et j'ai pensé qu'au premier coup d'œil ç'avait été simplement l'heure de la sieste, cet intervalle si terrible entre midi et seize heures où les gens s'enferment pour échapper à la chaleur torride et au soleil, et où le monde est vide comme s'il était mort.

COMME UN MOUCHOIR DE POCHE

Par un matin de printemps, j'empruntai la Via Margutta. Je me dirigeais vers un petit studio de doublage dont le siège se trouve dans l'une des vieilles cours qui séparent les flancs du Pincio de cette rue. À tout moment je m'attendais à croiser Fellini. Il était bien connu de tout Rome qu'à partir des premiers beaux jours, il sortait de chez lui faire une courte promenade dans les rues de son quartier entre neuf heures et neuf heures trente. On le reconnaissait de loin à son écharpe qu'il ne quittait qu'en août. Il s'arrêtait pour prendre un café chez Giovanni, debout au comptoir. Les Romains lui souriaient, les touristes restaient baba devant son apparition, certains essayaient de le toucher pour voir (comment ?) si c'était bien lui, s'il était bien réel. Naturellement, quantité de jeunes acteurs et d'acteurs moins jeunes rôdaient dans les parages, espérant retenir son attention. L'un d'eux en particulier, Silvio Silvio, que tout le métier connaissait, cet acteur tout petit d'un mètre cinquante à peine, cherchait sans cesse à se trouver face à Fellini, et, dit-on, comme si le mauvais sort se fût acharné sur lui, n'y parvenait jamais. Aussi, quiconque empruntait la Via Margutta un matin d'avril à neuf heures dix croisait à la fois Fellini et Silvio Silvio, mais jamais au même moment, jamais face à face. Il paraît qu'ensuite Silvio Silvio rentrait chez lui et pleurait jusqu'à midi (dixit sa femme), ce qui permit à Tullio Dartoli d'écrire ce merveilleux roman, *Les larmes de Silvio*, qui remporta le prix Stresa et fut vendu à deux cent mille exemplaires en Italie. Le succès du livre fit espérer à Silvio Silvio que Fellini désirerait le rencontrer, il espéra même (dit-on) que celui-ci aurait envie d'adapter le roman si beau et au fond si fellinien de Tullio Dartoli, mais Fellini ne lui fit jamais signe (dit-on encore), comme si les vies de ces deux hommes, si proches géographiquement, et si proches aussi professionnellement (car Silvio Silvio était un excellent acteur ; ses films avec Nanni Duigi, Roberto Falli et Gianni De Gargi l'avaient prouvé), ne pouvaient ou ne devaient en aucun cas être mêlées.

J'ai connu d'autres cas où deux existences ne purent jamais se mêler. Deux êtres avaient tout pour s'entendre, pour se comprendre, pour s'apporter l'un à l'autre ce qui manquait à l'un et à l'autre, or leurs trajectoires bifurquaient inexorablement et cependant toujours en s'effleurant, comme si, au fond, l'un n'était rien d'autre que le reflet de l'autre. Je me rappelle Henrietta Van De Mine, qui vivait, elle, au pied du Campidoglio, qui s'était éprise dans les années quatre-vingt du beau Luciano dei Monti. Normalement, ils auraient dû se rencontrer partout : Henrietta chantait, Luciano composait, les cantatrices et les compositeurs faisaient souvent lit commun. Or, dès qu'Henrietta paraissait à une fête, c'était le moment où Luciano la quittait par une autre porte. Le jour où Luciano faisait un casting de cantatrices était toujours un jour où Henrietta était en tournée ou malade et contrainte de rester alitée. Leur impossible réunion était devenue une légende dans les milieux artistiques romains, car si l'on savait Henrietta tombée sous le charme de Luciano la seule fois où elle l'avait vu, de loin, diriger l'une de ses œuvres, on savait aussi que Luciano avait toujours rêvé de la rencontrer tant la réputation du talent d'Henrietta comme celle de sa beauté était grande. Mais il n'y avait rien à faire, un mauvais sort (ou bon ? qui sait ?) semblait avoir été jeté sur ce couple impossible à accoupler. On organisait des soirées pour eux, et au dernier moment l'un ou l'autre se faisait excuser pour cause d'impérieuse obligation familiale, de décès d'un frère, de maison incendiée. Et, de fait, il y avait quelque audace et quelque inconséquence à vouloir les réunir à tout prix, car il était devenu légendaire aussi qu'à la veille de ces rencontres impossibles, un drame venu du ciel tombait sur la famille, les proches, ou les biens de l'un ou de l'autre.

Ce fut au point qu'ils songèrent à quitter Rome, l'un comme l'autre. Qu'ils finirent par se redouter, se haïr. Henrietta exigea qu'on ne prononce plus jamais devant elle le nom de Luciano. Luciano interdit qu'on utilisât jusqu'au mot cantatrice, de la même manière que sur un bateau il est interdit de prononcer le mot lapin, de crainte de faire naufrage. C'est ainsi que des êtres qui sont faits l'un pour l'autre, et peut-être trop précisément l'un pour l'autre, en sorte que leur ajustement les confondrait, peuvent ne jamais se croiser, même dans un périmètre grand comme un mouchoir de poche.

SUR LA PELOUSE

C'était l'après-midi. Derrière la maison se trouvait un petit jardin ; dans le jardin, délimitée par un sentier de graviers s'étendait une pelouse circulaire. Et ce que je vis sur cette pelouse, de derrière les voilages de ma chambre, mérite je crois d'être raconté, sinon je resterai toute ma vie avec ce souvenir embarrassant, lourd comme un amas de meubles posé de guingois sur une charrette et menaçant à tout moment de s'effondrer. Nous vivions calmement dans cette maison vaste, avec nos parents, nos grands-parents paternels, une grand-tante et son mari qui n'avaient pas d'enfants, et une cousine désargentée de ma mère.

Depuis que j'écris et raconte des histoires, j'ai toujours envie (et j'ai essayé cent fois de le faire) de décrire un peu ce que fut notre existence dans cette maison où nous étions une bonne dizaine et où, pour des raisons confuses, nous vivions en plein vingtième siècle comme au dix-neuvième siècle. J'ai essayé et n'y suis jamais parvenue alors que ce serait là le roman de ma vie, parce qu'à chaque fois, passé vingt pages, le récit me tombait des mains, le poursuivre me semblait insurmontable tant il y avait de choses à expliquer, et de folie bien sûr. Vingt fois au moins, j'ai commencé par décrire l'intérieur de la maison, ses vingt pièces, comment celles-ci communiquaient ou non, qui vivait où, mais sans cesse les portes s'ouvraient ou se refermaient, les bonnes montaient ou descendaient, mes parents romantiques dans une pièce devenaient inquiétants dans une autre, mes grands-parents vivaient leur vie d'un autre genre, d'un autre âge, dans d'autres pièces, et je n'arrivais plus à savoir quand mon grand-oncle était mort et pourquoi la cousine de ma mère avait l'air de sortir d'un film d'Hitchcock, un jour, en descendant l'escalier.

En réalité, derrière la maison ne se trouvait pas un « petit jardin » mais un parc. La mode n'est pas à la bourgeoisie, et si vous avez vécu votre enfance dans les ors même ternis par le temps, joui d'une éducation savante, d'un mode de vie ensorcelant, mieux vaut le taire par les temps qui courent, qui sont idiots comme tous les temps qui courent. Je ne sais pas si c'est une espèce de honte qui m'arrête, celle d'avoir vécu une enfance fascinée, ou si c'est la complication du réseau des relations dans cette maison où nous étions dix sans compter les bonnes, et où tout circulait avec la rapidité d'un film en accéléré mais diffusé à l'envers.

Donc sur la pelouse, un jour, je vis une scène « à la Gilberte » et tous les lecteurs de Proust comprendront ce que je veux dire par là. Il y a dans *À la recherche du temps perdu* une scène énigmatique, identique à une autre dans le film *Belle de jour* de Buñuel. Une scène à laquelle on ne comprend rien. Dans La Recherche, Gilberte fait un signe au narrateur enfant et ce signe le pétrifie (mais quel signe ?), et dans *Belle de jour*, un homme offre une boîte à la prostituée qui l'ouvre et paraît découvrir un objet extraordinaire, or on ne saura jamais ce qu'il y a dans cette boîte. C'est quelque chose de ce genre que je vis sur la pelouse, dissimulée derrière les voilages de ma chambre, et j'en fus si troublée, que le souvenir, bien sûr, a toujours refusé d'apparaître.

SOUS LE COUDE

Je crois que je suis très habile à la production des rêves. J'en fais en moyenne quatre par nuit et ce sont de véritables romans ou plus exactement des nouvelles. Il y a toujours un début, un milieu, une fin, même si bien sûr l'ordre est le plus souvent interverti et que le rêve débute par la fin pour s'achever par le milieu. Mais cela a son charme, aussi. Les histoires chronologiques m'ont toujours laissée sceptique car comment dire ou croire que telle histoire commence ici et s'arrête là ? J'ai connu une femme écrivain qui disait toujours qu'elle commençait ses romans par la fin : quand elle avait trouvé la dernière phrase de son roman, alors elle pouvait le commencer. Je me suis longtemps demandé si elle disait cela pour faire la maligne ou si c'était vrai, et j'ai pensé que comme dans tous les cas de ce genre où on s'interroge sur la véracité d'une déclaration forte, c'était à moitié vrai. Une fois, en effet, elle avait dû commencer un roman par la fin en trouvant la dernière phrase, et depuis, cette aventure ayant été tout de même assez drôle, elle prétendait qu'elle faisait toujours ainsi, ce qui à mon avis est impossible, et justement parce qu'elle était un très bon écrivain. Car un bon écrivain a ceci de particulier, c'est même l'une de ses caractéristiques, qu'il ne commence jamais un roman de la même manière. J'imagine que d'autres commencent par le milieu, et je m'étonne que les journalistes littéraires, lorsqu'ils font des interviews, ne posent pas plus souvent cette question passionnante au lieu de demander toujours si c'est autobiographique, ce qui bien sûr ne veut rien dire.

Comme je produis des rêves complets à un rythme assez soutenu (je me fais penser parfois à ces machines qui sur les courts de tennis crachent des balles à intervalles réguliers), je me demande de temps en temps qu'en faire. Je ne suis pas de ces capitalistes qui tiennent absolument à faire fructifier tout ce qu'ils produisent, ce qui signale, à mon sens, un grand manque de confiance dans les vertus du jour, mais il arrive qu'avec ces centaines de mini histoires je me sente un peu encombrée (ce n'est pas si grand, chez moi). Pour la plupart je les rédige et je me dis qu'après ma mort, si on les lit, on s'esclaffera, car il y en a qui sont vraiment très comiques. De mon vivant, je les garde sous le coude.

CET ÉTÉ-LÀ

Cet été-là, nous avions décidé de ne plus nous en faire. C'était devenu trop fatigant de courir d'un hôpital psychiatrique à l'autre. Mon père était en Suisse dans un établissement réputé, mais le revoir chaque mois se prenant pour Musset, me parlant comme si j'étais George Sand, évoquant des souvenirs parfaitement imaginaires et cela avec une gaieté, une malice qui certes avaient leur charme mais paraissaient si peu adaptées à la situation, c'était pesant. Ce qui l'était peut-être encore davantage, c'était qu'au fond j'étais très attirée par cela, et que lorsque je prenais le petit train qui montait vers le village de Birgen dans un décor splendide de prairies et de sommets enneigés même au printemps, j'allais à ce rendez-vous mensuel dont j'avais moi-même établi la fréquence — ni trop, ni trop peu — avec cette espèce de délice effrayé qui a toujours caractérisé mes rapports avec mon père. Peut-être ce jour-là serait-il mieux et plus sensé ? Il l'était parfois. Mais je ne suis pas sûre que c'était ainsi que je le préférais. Je crois malheureusement que je le préférais fou.

Dans le train, je me préparais à être prise pour George Sand ou pour d'autres personnages. Il ne me prenait pas *entièrement* pour quelqu'un d'autre, il savait que j'étais sa fille et il avait une connaissance de ma vie. Il pouvait me demander de mes nouvelles, de celles de mon travail, de mes amis, mais très vite quelque chose glissait. S'il était heureux, et il l'était très souvent, son imagination commençait à déborder, un peu comme quand on écrit. C'était cette espèce de joie secrète, toujours légèrement érotique, qui l'entraînait vers le souvenir de lectures qu'il avait adorées, qui avaient beaucoup compté pour lui, et alors, comme d'un drap, comme d'un voile, il commençait à recouvrir notre conversation d'images et de souvenirs appartenant à ses lectures et pas à notre vie. Je me souviens du moment où ce voile arrivait. C'était très beau. Je crois que c'était le moment que j'attendais, je crois que c'était la raison pour laquelle j'aimais tant mon père. Si moi j'étais d'humeur chagrine ou anxieuse, je tentais, et souvent de manière assez brutale, de repousser ce voile. Je ne crois pas qu'alors je le heurtais ; je l'étonnais. Il tournait légèrement la tête en l'inclinant, comme quelqu'un qui a entendu un bruit qu'il ne peut identifier ni localiser. Le « ramener à la réalité » était toujours un geste brutal, que je trouvais même vulgaire.

Si j'acceptais de me laisser recouvrir avec lui par ce voile, c'est-à-dire de ne pas le contredire dans son discours joyeux, j'étais entraînée dans une rivière dont je pensais qu'elle était à la fois la vraie vie et dangereuse pour moi. Mon père était un peu mondain, même dans l'enclos de l'hôpital psychiatrique où, lorsque nous croisions tel ou tel autre patient, il le saluait avec aménité et courtoisie. On aurait dit qu'il passait des vacances avec des gens aimables dans une belle maison de campagne. Son plus grand plaisir avec moi était d'avoir des conversations sur l'art. Si nous parlions d'un tableau, d'un roman, d'une architecture ou de la beauté d'une ville, il savait mille choses dont je m'étonnais toujours, car même s'il avait beaucoup lu, il avait peu voyagé et longtemps vécu en province. Mais sa mémoire était énorme, il se rappelait des lectures d'adolescence, des représentations théâtrales auxquelles il avait assisté avec passion, jeune homme, comme si elles avaient eu lieu hier. Le temps ne comptait pas pour lui. La passion amoureuse et sa souffrance terrible étaient son grand sujet.

Lorsque c'était ma jeune sœur que j'allais voir, à Combleux, l'atmosphère était tout à fait différente. Inès n'était pas gaie comme mon père ; elle était d'une force, d'un concentré et d'une vigilance implacables. Mais je crois que je me suis beaucoup trompée sur ma sœur et que je n'ai jamais bien compris qui elle était. Quelque chose en elle demandait à exploser, et quelque chose a explosé. Elle ne prenait pas son hôpital psychiatrique pour une maison de vacances. Elle était présente plus qu'on ne doit et peut être présent, elle était « sur-présente » en quelque sorte, et le rôle que je me donnais, c'était de détendre cette « sur-présence », non de l'amoindrir, mais de l'assouplir. Nous parlions beaucoup et c'était tout à fait différent d'avec mon père, car il y avait en permanence sous nos paroles un texte écrit que nous ne savions lire ni elle, ni moi, sur lequel nous nous penchions et que nous étudiions sans jamais parvenir à le décrypter.

Ma vie allait donc de Birgen à Combleux, de Combleux à Birgen, en passant par Paris où je soufflais un peu. Mais dès que j'étais à Paris depuis quelque temps, je désirais plus que tout retourner à Combleux et à Birgen.

Mon autre sœur faisait un peu les mêmes voyages à partir d'une autre ville où elle résidait. Je n'allais jamais dans la ville de mon autre sœur et elle ne venait jamais à Paris. Mais cet été-là, dès les derniers jours de juin, nous décidâmes pour la première fois de nous accorder un répit et de nous l'accorder ensemble. Nous n'irions plus à Combleux ni à Birgen pendant quelque temps, nous irions à Capri. Nous y restâmes longtemps car ma sœur y avait trouvé un petit emploi, et de mon côté j'avais obtenu une bourse pour mes études. C'est alors que nous parvinrent de Birgen et de Combleux des nouvelles alarmantes : Père au plus mal, sœur aussi. Accourir ? Oh, comme nous l'aurions voulu ! Mais nous ne pouvions plus, nous étions prises dans Capri emmurée, pétrifiée. Je m'en suis toujours voulu de ne pas avoir été une dernière fois George Sand au chevet de mon père tandis qu'il quittait ce monde aux duretés incompréhensibles, de n'avoir gardé de Combleux que le souvenir d'un monument tragique. Notre vie, disais-je un jour à ma sœur restante, est désormais beaucoup moins passionnante d'un certain point de vue. Elle était en train d'écosser des petits pois sur la table de cuisine de notre maison familiale, elle n'a rien dit, elle n'a même pas levé la tête.

UN COUP DE DÉS

Tous mes souvenirs sont encombrés, recouverts ou remplis de mes lectures, aussi en suis-je arrivée à ne plus du tout m'y fier tout en les chérissant puisque ce sont tout de même mes souvenirs. L'autre jour, quelqu'un voulait que je parle de mon séjour à Rome lorsque j'avais vingt ou vingt-deux ans. Oh, ai-je dit, je ne sais plus du tout ce qui s'est passé à Rome en réalité, je sais que j'en conserve des images très précises, très détaillées, dont je pourrais vous parler jusqu'à plus soif, mais je sais aussi que ces images se sont construites comme mes romans. Eh bien qu'importe, a dit cette personne qui m'interrogeait pour une revue littéraire, ces souvenirs-là sont les vôtres, on ne vous demande pas de pouvoir les vérifier, on n'est pas de la police.

J'ai dit merci, c'est gentil, les gens ne s'imaginent pas à quel point ils me compliquent la vie quand ils me demandent quelque chose d'autobiographique car je n'ai pas d'autobiographie à proprement parler, alors il faut que je me torde en tous sens pour essayer de trouver quelque chose pour leur faire plaisir, et je suis comme quelqu'un qui pêche depuis des heures, jetant sa ligne de tous côtés, ne réussissant jamais qu'à retirer une vieille chaussure, un poisson mort ou de longues herbes qui se sont fait prendre un moment pour une bonne prise.

À Rome, ai-je dit, un peu confiante grâce à la bienveillance de mon interlocuteur, j'ai acheté sept cents francs (on en était encore aux francs, et c'est l'équivalent d'environ cent euros actuels) un tableau du dix-septième siècle de l'Altiplano bolivien représentant un ange casqué portant un bouclier. À vrai dire, la toile avait été soigneusement découpée et j'ai pensé plus tard que forcément elle avait été volée. Il y en avait deux autres, tout aussi belles, que j'ai toujours regretté de ne pas avoir achetées car elles étaient d'un prix aussi modeste, mais bien sûr, à vingt ans, je n'avais pas d'argent. Je ne sais même pas, ai-je dit à mon interlocuteur, d'où venait le peu d'argent que j'avais. De mes parents sans doute, et puis si, cela me revient, je faisais tout de même de petits travaux, tout le temps. Pendant un an j'avais classé des fiches à la Bibliothèque nationale, j'avais été standardiste, aussi, pour des médecins, et j'avais dû accumuler ainsi un petit pécule.

Visitiez-vous la ville ? m'a demandé mon interlocuteur. Certainement, ai-je répondu. Mais je ne me rappelais plus du tout si j'avais visité la ville. Sans doute y avais-je marché du matin au soir puisque je marchais tout le temps. Sa question n'avait suscité qu'une image, très précise : aussitôt j'avais revu le sol vert, dallé, froid, luisant, du couloir d'une pension de famille sur l'Aventin, mais je savais que dès que je revoyais ce couloir je pensais aussitôt à une scène de *La Dolce Vita* où des journalistes et des photographes bavardent avec beaucoup d'animation à la terrasse d'un café, et je ne rentrai pas dans ces détails parce que c'était un peu fastidieux à raconter.

Parfois, je me dis qu'une chose intelligente à faire serait de plonger le nez dans mes carnets de l'époque, puisque, de la même manière que j'ai toujours marché partout, j'ai toujours tenu des carnets. Ce serait le moyen, me dis-je, de vérifier un peu ce qui se passait. Mais j'y répugne. J'ai toujours peur et c'est idiot, de tomber sur quelque chose d'absolument inconnu et de découvrir que la personne qui tenait ces carnets est une parfaite inconnue. On n'aime pas, tout de même, être trop divisée.

Ensuite, j'ai raconté à mon interlocuteur comment à Rome j'avais rencontré un vieil homme sympathique qui m'avait emmenée parier à des courses de chevaux. Il ne pouvait pas avoir exactement le visage de Vittorio De Sica mais c'est tout à fait ainsi que je le vois, ai-je précisé. J'ai découvert à cette occasion que je n'étais pas joueuse, je n'aimais pas miser de l'argent, et plus tard dans ma vie, quand un autre homme m'a emmenée dans un casino jouer à la roulette ou à je ne sais quoi, cela s'est confirmé : les jeux de hasard ne m'intéressaient pas et ne me causaient aucune émotion, ai-je à nouveau précisé.

Vous voyez bien que vous avez des souvenirs ! m'a dit gentiment mon interlocuteur. Et j'ai pensé que c'était toujours ce que me disait ma sœur, à Combleux, tandis qu'assises à la cafétéria de l'hôpital nous parlions énormément et que je me demandais pourquoi c'était elle qui était là, et moi dehors. Pourquoi ce coup de dés.

FORT COMME UN TURC

Au printemps, c'est l'aurore que je préfère. La cime des monts devient peu à peu distincte et s'éclaire faiblement. Des nuages violacés s'allongent en minces traînées. En été, c'est la nuit. Je me rappelle comment, au bout d'une nuit d'été très chaude, alors que le jour n'était pas encore apparu, je sortis de ma maison pour aller guetter le réveil de mon amant dans sa propre maison qui n'était pas loin de la mienne. Il y était avec sa femme dont je ne souhaitais pas qu'elle me vît, aussi m'étais-je cachée dans leur jardin derrière des haies bien taillées. Là, dans la chaleur de cette incomparable nuit d'août, j'attendis longtemps, je ne m'étais même pas coiffée, j'étais à peine habillée, mais j'étais jeune et n'avais besoin d'aucuns soins. Je savais que mon amant se levait tôt pour travailler dans son bureau du rez-de-chaussée dont la fenêtre donnait sur le jardin, y travailler mais y rêver aussi, car dans sa vie conjugale il avait besoin d'une pièce à lui et de s'y retirer pour rêver. Soudain je vis une lumière s'allumer dans le hall d'entrée, puis très vite cette lumière fut éteinte et une autre s'alluma dans le bureau. Il était donc levé. Je m'approchai sans bruit de la fenêtre, m'accroupis devant elle et regardai à travers les voilages. C'était bien mon amant, dans une lourde robe de chambre ceinturée bleue et noire que bien sûr je ne lui connaissais pas puisque avec moi, la nuit et le matin, il était toujours nu. Il classait des papiers assis à son bureau, il s'était fait un café qui fumait dans une tasse et cherchait quelque chose dans un tiroir. Je ne reconnaissais pas du tout son visage. Certes c'était bien mon amant, mais il avait un visage que je n'avais jamais vu, ce n'était pas celui qu'il avait avec moi.

Je ne m'étais pas encore signalée et j'allais le faire en grattant au carreau, il ouvrirait la fenêtre, il serait surpris, un peu effrayé et ravi, nous échangerions quelques mots puis je filerais comme un lièvre rejoindre ma maison, monter à l'étage et me coucher un peu en attendant de le retrouver dans une crique où nous avions nos habitudes l'après-midi, mais je vis alors que ce qu'il cherchait dans le tiroir et ce qu'il en sortait était un revolver. Jamais de ma vie avec lui je n'avais imaginé qu'il pût avoir un revolver, il ne m'en avait jamais parlé alors que nous parlions de tout, des choses les plus anodines aux plus étranges et secrètes de nos vies. Il maniait doucement et délicatement le revolver, l'air de réfléchir. Je me dis que cet objet avait sans doute appartenu à son père et qu'il en était le dépositaire. Je me dis que lorsqu'il rêvait dans son bureau, cet objet, pour l'une ou l'autre raison que j'ignorais, devait servir à sa rêverie, l'accompagner. J'étais sûre qu'il ne songeait ni à se tuer ni à tuer quiconque ; il n'était pas homme à tuer.

Mais j'ai pensé alors qu'il ne fallait peut-être pas aller surprendre, même pour jouer, un amant dans sa vie conjugale, un amant dans son autre vie. Que c'était peut-être cela qui pouvait tuer. Les gens ont bien le droit d'avoir deux vies. Il me semble même beaucoup plus naturel qu'ils en aient deux qu'une seule. Une personne qui a une seule vie, un seul visage, me paraît d'une certaine manière plus inquiétante qu'une personne qui a double ou triple vie.

Je n'ai pas toqué à la fenêtre. J'ai laissé mon amant, qui dans ce moment-là n'était pas mon amant mais un autre homme, rêver à quelque chose que j'ignorais avec son arme dans la main et sa robe de chambre inconnue dont je trouvais qu'elle lui allait comme des guêtres à un lapin, je me suis écartée de la fenêtre et j'ai filé dans le jardin comme une ombre en me courbant en deux. J'ai regagné ma maison, et l'après-midi, lorsque nous nous sommes retrouvés dans cette crique où nous avions nos habitudes, je l'ai vu arriver radieux comme toujours, fort comme un Turc, respirant la santé, la gaieté, le bonheur.

SOUS LES EUCALYPTUS

Vous insistez depuis déjà tant de mois, chers amis, pour que je vous décrive au plus vite mes impressions de voyage à l'étranger, et vous ne soupçonnez pas que votre requête me met purement et simplement dans une impasse. J'ai beaucoup voyagé dans ma jeunesse, beaucoup plus qu'on ne pourrait le supposer car je n'en parle presque jamais. Pourquoi ? Peut-être parce que chaque fois que j'ai voyagé, j'ai eu l'impression de rompre avec moi. Je me laissais à Paris et c'était une autre qui s'embarquait pour l'Australie, l'Égypte, l'Inde, Sienne, Copenhague ou Augsbourg. À Augsbourg, cependant, j'y étais peut-être un peu plus moi-même car j'y étais « sur les pas de Montaigne », ayant décidé de refaire son fameux voyage en Suisse, en Allemagne et en Italie en le suivant à chaque étape. C'est ainsi que je suis passée par Bâle, que je suis descendue dans l'hôtel où il avait séjourné à Baden et que j'y ai bu, comme lui, de l'eau soufrée, que je suis allée voir les chutes du Rhin à l'endroit où il était, et qu'après Augsbourg, Innsbruck, j'ai rejoint Vérone et suis allée m'installer dans le tout petit cloître, sur les hauteurs de la ville, où il s'était fait parfumer par les moines.

J'ai voyagé puisqu'en Égypte j'ai fait cette croisière sur le Nil où le soir on dansait comme dans un roman d'Agatha Christie, en Inde je me suis promenée dans Calcutta où j'ai vu des cadavres brûler sur des bûchers le long du Gange, en Australie j'ai dormi dans la forêt du Queensland sous les eucalyptus, entourée de wallabies et de kookaburras s'esclaffant dans les branches, au Mexique j'ai eu le vertige en grimpant sur une pyramide de Chichén Itzá. Mais sans doute n'était-ce pas tout à fait moi qui étais là puisque ensuite, chaque fois que j'ai raconté des histoires, chaque fois que j'ai écrit des livres, ces images n'arrivaient jamais, elles n'entraient jamais dans mes livres. C'est étrange, me suis-je dit. Que sont ces moments de voyages, s'ils ne se mêlent jamais et en rien au courant de votre pensée ? J'ai imaginé qu'il y avait peut-être dans mon cerveau un lobe réservé aux voyages, qui ne communiquait pas avec les autres. Car c'est la même chose pour tous les voyages, ai-je pensé, faits dans différentes conditions et avec toutes sortes de gens ou bien seule : une saison dans le Hoggar auprès d'une famille de Touaregs, un séjour à Dakar à la suite duquel j'ai pourtant passé des jours entiers dans la brousse, et tant de voyages en Italie, où de Gênes à la Sicile je suis passée, et dont j'ai des images, des souvenirs qui jamais ne parviennent jusqu'à mes livres.

Je me suis demandé si cette manière de garder les souvenirs de ses voyages dans un lieu de son cerveau qui ne communique pas avec les autres était connue des scientifiques. Je me suis dit que cette particularité portait même peut-être un nom.

UN BON EXEMPLE DE FUITE

C'était l'époque de l'année où il fait nuit dès quatre heures. Personne, à ma connaissance, n'aime cette saison. Une de ces fins d'après-midi d'hiver, il y a longtemps, je fuyais un garçon qui n'avait pas supporté notre rupture et s'acharnait à me poursuivre, où que j'aille, quoi que je fasse. J'avais fini par avoir un peu peur de lui — il pouvait très bien cacher un couteau dans le journal replié qu'il portait à la main — car il était un peu détraqué, il l'avait toujours été, et c'était sûrement un des éléments qui m'avaient séduite chez lui lorsque nous nous étions rencontrés, que tout mon être ou presque me disait non, et qu'une petite partie de moi disait oui. C'était le oui qui l'avait emporté.

Nous avions eu la plus chaotique, malheureuse et sinistre des liaisons, et mes amis sensés considéraient cet attelage avec la plus grande perplexité. Ils avaient raison, il y avait de quoi. Mais enfin, au bout de quelque temps, un an, deux ans, je pus enfin mettre un terme à cette relation qui me divisait si radicalement en deux qu'il était parfois difficile, non de recoller les morceaux qui d'ailleurs n'avaient pas à être collés, mais de passer d'un personnage à l'autre. On dira que j'avais deux visages, dont l'un est celui que vous voyez aujourd'hui — c'est cette partie qui disait non — et l'autre, qui a heureusement disparu, était à la fois suscité par la personnalité détraquée de mon ami et par mon ignorance de ce que pouvait être une relation. Je n'adoptais pas ce second visage malgré moi, je n'avais rien d'un Dr Jekyll et Mr Hyde, je n'étais pas envahie par un double, non, les choses de la vie sont toujours beaucoup plus complexes et subtiles qu'on ne le décrit. Je consentais, par curiosité je crois, à adopter cet autre visage que notre relation suscitait. J'aurais parfaitement pu dire non. Et peut-être aurais-je dû le faire, je n'en sais rien, ce n'est pas si sûr.

Est-ce qu'adopter par moments un autre visage que le mien me donnait de la force quand je retrouvais le mien, quand c'était le mien que j'affichais ? C'est bien possible. C'est même probable. C'était une cuisine mystérieuse et obscure, privée de tout plaisir, un peu — si l'on veut rendre les choses plus nobles — comme celle d'une initiation. Il faut passer par une espèce de déformation ou d'épreuve sans grâce pour déboucher sur quelque chose. Mais une fin d'après-midi d'hiver, donc, soit que l'initiation fût achevée, soit que ce changement de visage me fût devenu impossible ou que j'en aie eu assez, alors que je fuyais mon ami détraqué qui me suivait partout dans Paris, je trouvai refuge chez mes grands-parents qui vivaient au bout d'une longue et large avenue dans un appartement où l'on ignorait tout des épreuves par lesquelles je passais.

Je ne pouvais naturellement pas les leur expliquer, ni à eux ni à quiconque, car elles étaient alors encore parfaitement incompréhensibles à moi-même. À l'époque de mon double visage, j'avais un peu oublié que j'avais des grands-parents, une famille. Je ne sais comment la nouvelle de leur existence et de leur proximité me parvint. Je me revois assise dans un bus tandis que j'allais vers eux, passant sous les hauts arbres secs de l'avenue dans la nuit de l'après-midi d'hiver, le visage dissimulé derrière un grand journal déployé au cas où mon ami aurait rôdé par là. Voilà un exemple de fuite, me dis-je aujourd'hui. Un bon exemple de fuite.

N'EST-CE PAS MERVEILLEUX D'ÊTRE UNIQUE ?

Allez ! Une fois de plus il va falloir grimper tout en haut des rayonnages si on veut retrouver ce livre ! a maugréé Madame Schmidt. Mais oui. Il fallait absolument retrouver *Le Chinois perclus* de, comment était-ce ? Niels Hirven ? Niels Erinnen ? Peut-être n'était-ce pas Niels, d'ailleurs. Un nom nordique, comme Ibsen ou Strindberg, avec un N, je l'aurais juré, Nirven quelque chose ? Mais je reconnaîtrais le livre. J'étais sûre qu'il était recouvert de papier cristal, avec une couverture rose foncé, pas très haut, assez épais. À ne pas confondre avec un des livres d'Ambrose Bierce qui avait aussi cette allure, ni avec celui dont le nom, décidément, m'échappait toujours. Je pensais *Locus Solus* mais ce n'était pas cela, ce n'était pas celui-là, c'était *Moralités légendaires* de Laforgue qui avait tant voyagé des cabinets à la pièce du fond, de la pièce du fond à la pièce de devant, qu'impossible, toujours, de savoir où il était, celui-là.

Décidément, vous devriez les classer une bonne fois pour toutes, m'a dit Madame Schmidt. Au moins, quand vous en chercheriez un comme ce matin, on n'y passerait pas la journée, et puis vous cesseriez de penser que vos livres disparaissent. Ils sont seulement mal rangés. Vous l'avez prêté à quelqu'un, ce livre de Niels, Nirven, Rhinite ou je ne sais quoi. En plus, vous ne savez même pas le nom exact. Papier cristal, oui, je vois très bien ceux qui ont du papier cristal, mais il y en a plein. Au moins, si vous ne les classez pas par ordre alphabétique, mettez-les par pays. Les Nordiques, c'est bien ? Ça ne doit pas être gai, les Nordiques. Moi, si je devais lire comme vous, je lirais plutôt des Italiens. Ça doit être gai, les romans italiens, comme les films italiens. J'imagine qu'il y a plein de détails dans les romans italiens, non ? Moi j'aime bien quand un livre m'emmène complètement quelque part. Ça m'est arrivé avec celui de Gitta Gritti que vous m'avez passé l'autre fois. J'ai raté ma station de métro parce qu'elle était en train de raconter quelque chose dans un champ vert en plein été. Au bout il y avait ce village, et puis il y avait ce garçon qui me plaisait tellement, à l'ancienne, vraiment à l'ancienne, ça n'existe plus des gens comme ce garçon, avec des sentiments extraordinaires. J'ai raté Chevaleret parce que je voulais voir comment le garçon pensait. Mais vous, vous en avez trop. Je ne vois pas comment vous pouvez vous y retrouver là-dedans. Les histoires doivent se mélanger, non ? Ce n'est pas grave ? Mais si, quand même ! Si on vous interroge sur un livre, c'est quand même mieux que vous ne le mélangiez pas avec un autre ou alors on va penser que vous avez l'esprit confus. Et puis un livre, ça raconte une histoire et pas une autre. Moi, si j'en écrivais, comme vous, je n'aimerais pas du tout qu'on les confonde avec d'autres.

Bon, je n'ai pas l'impression qu'il y ait votre Nordique sur les rayonnages du haut, a dit Madame Schmidt. Il y a un Prosper Mérimée qui a une couverture rose, mais ce n'est pas nordique, Prosper Mérimée. Mac Orlan ? Ils ont de ces noms ! Vous aimez bien les noms d'écrivains un peu bizarres, vous. Je comprends : ça vous emmène. Je ne sais pas pourquoi on aime tant être emmené. D'accord ça vous sort de la vie habituelle, mais la vie habituelle, il ne faut pas exagérer, ce n'est pas si mal. Moi, quand je pense à ma vie, je me dis que ce n'est pas si mal, ça ne manque pas de fantaisie, parfois même il n'y a que ça. Regardez ma sœur dont le nom vous plaît tellement, Gerda Von Trup, elle a la folie des vêtements et l'autre jour elle est arrivée avec un manteau vert, une robe violette avec des grues blanches, elle m'a dit que c'était « des pièces de jeune créateur ». Ça vous fait rire ? C'est vrai que c'est drôle. « Pièces de jeune créateur », on dirait du théâtre, non ? Elle me dit, pardonnez-moi, que je devrais arrêter de travailler chez vous parce que vous m'exploitez. J'ai dit mais non, on cherche des livres et on bavarde. Vous avez de hautes discussions sur les bouquins ? m'a dit ma sœur très ironique avec ses grues sur sa robe violette. Hautes je ne sais pas, mais sur les histoires et les noms des gens, oui, ai-je répondu. Elle a dit que je devais être la seule bonne allemande de tout Paris, et que ça, c'était déjà bizarre. Et alors, ai-je répondu — et là, j'ai pensé à vous, mademoiselle —, et alors, n'est-ce pas merveilleux d'être unique ?

NOUS ACCORDONS BEAUCOUP D'IMPORTANCE À TOUTES CES CHOSES

Si nous n'avons pas voulu nous réveiller ce matin, m'a dit Lottie, c'est que nous avons été prises, ma sœur et moi, dans un rêve si énorme qu'il était tout à fait impensable d'en sortir au prétexte de retourner aux occupations quotidiennes. Irma dormait dans l'autre lit, mais très souvent nous faisons les mêmes rêves au même moment. C'est comme dans les couvents où les jeunes religieuses ont leurs règles en même temps. Nous étions sur un bateau du type *Titanic* qui allait donc sombrer. Un paquebot si grand qu'on eût dit une ville où nous aurions très bien pu passer notre vie du début jusqu'à la fin, comme nos grands-parents ont vécu leur vie du début à la fin dans le même village, sans même avoir l'idée d'en sortir. Au début de la traversée, personne ne se doutait de rien. Vous savez comment sont les gens : le plus souvent distraits. Mais Irma et moi avons flairé quelque chose, tout de suite. Notre mère nous dit que c'est parce que nous sommes de jeunes adolescentes et que les filles de cet âge ont toujours les antennes particulièrement dressées, « ces antennes leur fournissant néanmoins, parfois, de fausses informations », ajoute toujours ma mère qui tient à traiter les questions à fond. Oui, nous avons senti quelque chose dans l'air, sur le pont. Irma disait : les traversées sont quand même dangereuses. Et je me rappelle avoir dit : ce bateau est trop énorme, il a quelque chose de disproportionné, c'est presque une offense à Dieu. Il ne faut jamais bâtir une ville plus grande, un château plus beau que ceux des rois. Ils se vengent. Tu n'as qu'à voir Zeus. Ou Louis XIV. Et puis nous avons regardé les passagers qui défilaient comme dans un film.

Le bateau est bientôt arrivé en pleine mer. On ne voyait plus la moindre côte, et au lieu de nous paraître minuscule, une coquille de noix sur cette gigantesque étendue, il nous a paru plus gros encore, plus scandaleusement massif. C'était comme s'il privait l'océan d'une partie de ses droits. Nous ne pensions pas au naufrage mais à un accident : quelque chose fondant du ciel, un retournement de situation. Puis l'eau a commencé à monter. C'était le naufrage, l'effroi, les gens horrifiés qui voulaient se tuer plutôt qu'être tués et se jetaient dans la mer, ceux qui auraient écrasé n'importe qui, même leur grand amour, pour avoir la chance d'en réchapper, ceux qui priaient. Nous, Dieu soit loué, nous savions que nous étions dans un rêve, donc nous n'avions que modérément peur. Mais sur ce point nous sommes d'accord, ma sœur Irma et moi : il ne faut jamais être arraché à un rêve, par exemple mettre un réveil à sonner à six heures du matin qui va trancher dans le rêve, car — nous savons ceci à cause de nos antennes dressées de jeunes adolescentes — c'est dangereux pour la santé. Quelque chose vous restera en dedans toute la journée, quelque chose de pointu, de lourd, d'embarrassant, qui fera des dommages dans votre intérieur. Il faut conduire le rêve jusqu'au bout, naufrage ou pas. Et quand vous consentirez à vous éveiller parce que le rêve sera fini, alors vous serez en grande forme, plein de vitalité, comme si vous aviez bien travaillé, achevé un texte difficile à écrire, procédé à un rangement majeur, réparé une voiture qui refusait de rouler et désormais glisse le long des avenues.

Lorsque nous avons consenti à nous réveiller et sommes à la cuisine en train de prendre notre petit déjeuner, m'a dit Lottie, nous nous racontons notre rêve. Il paraît qu'il y a des gens que cela ennuie; ce n'est pas du tout notre cas. Bien au contraire, m'a dit Lottie, c'est lorsque les gens racontent des choses qui ne ressemblent pas du tout à des récits de rêves que cela m'ennuie. J'aime le moment où le rêve commence à s'échapper, car c'est la règle, comme tout le monde le sait : la parole le fait fuir. Il se défait comme un chapiteau qu'on démonte, il s'évanouit comme une apparition qui s'en va, il était énorme et il n'en reste presque rien : un bout de scène, un détail du décor. Vous aurez remarqué, m'a dit Lottie, il y a toujours un moment de la journée où il réapparaît. Vers six heures du soir, vous êtes en train de réparer une lampe, de parler avec un ami, de lire ou de prendre le bus, et le rêve d'un coup apparaît en entier, juste une seconde, avant de disparaître à nouveau et cette fois pour toujours. Avec ma sœur Irma nous accordons beaucoup d'importance à toutes ces choses.

MADAME GANDI

En 1985 à Paris et par une soirée fraîche de la fin octobre, je pris pour la première fois conscience que la lutte contre le trouble dont souffrait mon esprit — une lutte qui m'accaparait depuis plusieurs mois — risquait d'avoir une issue fatale. Aussi je pris des mesures. Je décidai d'aller voir Madame Gandi que m'avait recommandée mon ami Luciano qui l'avait pratiquée lui-même pendant quelques années et s'en était trouvé mieux, m'avait-il dit. Je pris rendez-vous avec elle. Elle vivait tout en haut d'un immeuble moderne dont elle m'indiqua très précisément le numéro de la rue, le code, l'étage. Pourtant, quelque chose me rendit impossible l'accès à cet immeuble que d'autres immeubles du même type encadraient. Je n'arrivais pas à en trouver l'entrée, et quand je l'eus trouvée, je ne parvins pas à trouver l'ascenseur ni la cage d'escalier. Ayant négligé d'emporter mon répertoire où figurait le numéro de téléphone de Madame Gandi, je ne pouvais l'appeler. Je rentrai donc chez moi, furieux de mon impotence, l'appelai pour m'excuser et prendre un autre rendez-vous.

Quand je revins, tout me parut changé. Aurais-je aussi des troubles de la mémoire ? me demandai-je. La fois d'avant, je n'avais pas remarqué ce terre-plein assez triste devant l'immeuble où, sur un tas de sable étriqué, se tenait un mini toboggan. Cette fois, la porte de l'immeuble ne s'ouvrit pas. Le code avait sans doute été changé. Plutôt que d'appeler Madame Gandi que je ne voulais pas déranger car je supposais qu'elle avait un autre rendez-vous avant le mien, j'attendis un peu, adossé au toboggan, que quelqu'un sorte ou entre dans l'immeuble. Mais pendant dix minutes personne n'en sortit et nul n'y entra. Je me décidai alors à appeler Madame Gandi qui me déclara qu'elle descendait me chercher. Elle devait penser que j'étais empoté, ce en quoi elle n'avait pas tort.

Quand Madame Gandi apparut sur le seuil de l'immeuble, je sus que c'était elle car manifestement elle cherchait quelqu'un des yeux, mais j'eus surtout la stupéfaction de reconnaître en Madame Gandi ma cousine Edwige dont j'ignorais à la fois qu'elle s'appelait désormais Gandi (je la connaissais sous le nom de Bouchard) et qu'elle pratiquait ce type de rendez-vous. J'avais peu à peu dénoué mes liens avec les membres de ma famille et j'en étais resté au souvenir d'une cousine Edwige Bouchard vivant à Bordeaux, seule ou en couple, je n'en savais rien, et ayant un de ces emplois commerciaux ou financiers auxquels je ne comprends rien.

Edwige avait un peu grossi (cela faisait bien vingt ans que je ne l'avais pas revue) mais son visage carré à la frange blonde était parfaitement reconnaissable. Je m'avançai avec le sourire un peu idiot des retrouvailles dont on exagère la joie, mais Edwige resta sur sa réserve, ce qui me parut curieusement froid. Edwige ! dis-je en m'approchant et en souriant largement, c'est incroyable ! Quelle surprise ! Elle me sourit mais ne fit aucun signe pour m'embrasser ni pour partager ma surprise. J'eus le temps de songer qu'elle avait beaucoup changé car je me rappelais une jeune fille plutôt spontanée et rieuse. À mes deux ou trois questions : que fais-tu là ? Tu es mariée ? Tu n'as pas reconnu mon nom au téléphone ? elle ne répondit rien, se contentant de me sourire de cette manière qui m'agace un peu car je l'ai souvent vue chez des gens qui ne veulent pas « se mouiller » en disant quelque chose et tentent d'en savoir plus sur vous avant de se déclarer. Je suppose que notre rendez-vous tombe à l'eau, lui dis-je. On ne peut pas avoir ce genre de rendez-vous avec sa cousine, même longtemps perdue de vue, non ? Mais si, me dit-elle, ouvrant pour la première fois la bouche, et elle tourna les talons pour me précéder dans l'entrée de l'immeuble.

Je la suivis. Dans l'ascenseur, je me permis une petite familiarité (après tout, c'était ma cousine et nous avions joué ensemble, enfants) : tu n'es pas bavarde ! lui dis-je. Elle se contenta de sourire à nouveau dans le genre Sphinx. Je n'aimais pas son parfum, mais les gens peuvent changer et avoir soudain un parfum qui ne leur ressemble pas. Quand nous entrâmes dans l'appartement, je me dis qu'elle avait dû faire de bonnes affaires à Bordeaux dans son métier commercial ou financier, car c'était une espèce de loft très vaste, élégamment meublé, avec ces meubles et ces objets contemporains que je n'aime pas parce que je les trouve impersonnels et que je n'aimerais pas vivre dans un environnement impersonnel, mais pour son travail, ai-je pensé, c'est peut-être mieux.

Edwige Gandi commença à tâter le terrain et je remarquai tout de suite qu'elle s'arrangeait très habilement pour ne pas me tutoyer ni me vouvoyer. Elle voulait de toute évidence laisser planer un doute sur notre lien et sur le fait qu'elle m'ait reconnu ou non. Il est impossible qu'elle ne m'ait pas reconnu, pensais-je, mais après tout, peut-être qu'elle se fiche que ce soit moi ou un autre, peut-être que les liens familiaux ne signifient plus rien pour elle, comme pour moi. J'ai pensé qu'elle avait décidé de transformer en inconnus les familiers, et j'ai eu le temps de me dire que c'était assez fort, assez singulier, assez aventureux pour m'intéresser.

Puisqu'elle s'obstinait à feindre de ne pas me reconnaître, j'ai accepté d'entrer dans son jeu et de feindre à mon tour de ne plus la reconnaître. À un tressaillement de sa jambe (jolies jambes), j'ai senti que cela lui plaisait et lui convenait. J'ai eu aussitôt des pensées érotiques la concernant (à cause du tressaillement de sa jolie jambe ? Ou à cause de son subterfuge qui avait quelque chose d'érotique ?) et j'ai pensé que je pourrais très bien m'élancer du fauteuil où elle m'avait invité à m'asseoir, me jeter sur elle et la renverser sur le sien. Je ne l'ai pas fait car je conserve tout de même une certaine tenue.

Peu à peu, notre jeu m'a beaucoup amusé. J'ai pensé que c'était bien plus drôle et inventif que si, à ma première déclaration de reconnaissance sur le seuil de l'immeuble, elle avait répondu par : Guillaume ! Incroyable ! Que deviens-tu ? Ainsi, nous allions jouer à une rencontre entre gens qui ne se connaissent pas. J'abondai dans ce sens. C'est mon ami Luciano qui m'a recommandé de venir vous voir, lui ai-je dit. Comment va Luciano ? a-t-elle demandé. Très bien, ai-je répondu, il fait désormais des films en Italie, il a une amie, il semble heureux. J'avais adopté le vouvoiement, mais il arriva au cours de notre conversation que je repasse parfois au tutoiement, malgré moi. Je suis en proie à des obsessions, lui ai-je dit par exemple, tu sais ce que c'est. Et je faisais cette remarque parce que je me rappelais qu'à quinze ans Edwige Bouchard était obsédée par les chats qu'elle détestait. Elle avait toujours peur que dans la maison de campagne de nos grands-parents un chat se soit glissé par la porte restée grande ouverte les soirs d'été, et avec mon frère Luc, nous nous acharnions à faire rentrer des chats en douce pour la faire hurler et nous gifler. Je me souvins que j'avais bien aimé être giflé par Edwige mais je ne le lui dis pas.

La fois suivante, je trouvai très facilement l'entrée de l'immeuble. Elle m'avait proposé de revenir ; j'avais dit oui. Enfin quelque chose de drôle et d'un peu excitant dans ma vie qui était désastreuse depuis de si longs mois. Mais au fil de nos rendez-vous qui furent nombreux, au moins cette année-là, je perdis assez vite conscience qu'Edwige était ma cousine. Il y eut même un jour où il me sembla que cette mystérieuse et secourable Madame Gandi, dont les jambes étaient décidément jolies et le sourire très attentif, je ne l'avais jamais connue avant.

PAS UNE ONCE DE SOLEIL

Je vous raconterai une autre aventure plus étonnante… Hermann et moi sur une petite route près d'Exeter (Angleterre), marchant, nous promenant, après un déjeuner chez les Boswie qui possèdent un cottage semblable à une maison de poupée. Et sur notre route, soudain, une grande ombre sur l'asphalte, qui nous précède un peu, une ombre venue d'on ne sait où puisque le ciel est resté pur, bleu, qu'il n'y a pas un nuage. Si nous nous arrêtons, elle s'arrête, puis elle bouge un peu, comme tournant la tête pour deviner nos intentions, et si nous reprenons notre marche elle bondit en avant. Or ce ne sont pas nos corps qui font cette ombre, et d'ailleurs, elle n'a pas la forme de nos corps. Nous inspectons le ciel, les talus, comme on soulève une chaise, le coin d'un tapis, pour retrouver une aiguille qu'on vient de laisser tomber. L'ombre semble ironique et se croiser les bras sur un ventre immense en renversant la tête en arrière pour rire tout son soûl. Arrive un homme qui file à bicyclette dans une étroite tenue brillante de cycliste. Passant sur l'ombre à quelques mètres de nous, soudain il chute, dégringole, se casse la figure tandis que son vélo couché glisse sur la route et finit dans le fossé. Nous ramenons au cottage l'homme tuméfié, aux coudes et aux genoux ensanglantés, où dans la cuisine Mrs Boswie désinfecte ses plaies, le panse, lui fait prendre du thé. Il a eu très très peur, dit-il. C'est tout ce qu'il peut dire, il balbutie, il semble avoir perdu tous ses moyens : très très peur, répète-t-il. Comment a-t-il chuté ? lui demande Mr Boswie. Y avait-il un nid-de-poule sur la route ? Quelque chose de glissant ? Mr Boswie est étonné car il est le maire du village, il connaît bien ses routes, il sait que celle-ci est parfaitement entretenue. Je ne sais pas, dit l'homme. Est-ce que nos amis marchaient en plein milieu de la voie, et vous aurez voulu faire un écart ? demande gentiment Mrs Boswie. Mais l'homme répond si peu qu'on se demande même s'il comprend bien l'anglais et n'est pas étranger.

Avec Hermann, nous ne parlons pas de l'ombre, et le reste de la journée se passe à suivre Mr Boswie sur son terrain de golf puis à nous rendre à Exeter pour acheter un tapis. Mais le lendemain matin, bien sûr, nous sommes curieux, nous avons envie de retourner sur cette route, d'examiner l'endroit où l'homme est tombé. Au début, rien du tout, puis soudain, l'ombre est là, à nouveau. Elle nous nargue. C'est en tout cas l'impression qu'elle nous donne. Elle est plus petite que la veille, plus sautillante aussi, et dans le ciel qui ce jour-là est gris et uniforme, pas une once de soleil.

MY GOD !

Parfois, je suis d'une tristesse à couper au couteau, me dit Lottie. Nous sommes chez elle, dans son appartement, elle porte une espèce de kimono avec de grosses fleurs orange, elle n'est ni maquillée ni bien coiffée mais je la trouve toujours très jolie. Pourquoi ? lui dis-je. Je l'ignore, ça vient de loin, dit Lottie. Déjà à l'école je remplissais des cahiers en écrivant : I am so sad, I am so sad, exactement comme une punition où l'on doit écrire sur cent lignes la même phrase. Mais, lui ai-je dit, tu as tout de même eu de sacrées joies, Lottie, que tout le monde n'a pas eues. Ton amour pour Tony, ça a été une chose extraordinaire. Oui, m'a dit Lottie, mais Tony, je l'ai perdu, et par ma faute. Déjà cela, c'est d'une tristesse incomparable, mais ma tristesse remonte à plus loin. C'est comme si j'avais vu quelque chose de tragique. Comme si j'avais assisté à quelque chose de tragique. J'ai été le témoin de quelque chose, a dit Lottie. Puis elle a pris une cigarette, nous a versé deux verres de vin, s'est assise sur l'appui de la fenêtre comme Audrey Hepburn dans *Petit déjeuner chez Tiffany*, et j'ai attendu.

Mais rien ne venait. Je ne savais s'il fallait l'interroger ou non. Lottie est une si drôle de fille. Nous avons fumé un moment en silence, le téléphone a sonné mais elle n'a pas répondu, je trouvais que l'air du soir commençait à devenir un peu frais. Je me demande toujours ce que j'ai vu, a-t-elle répété, c'est vraiment un mystère. Et puis elle a dit que le vin n'était pas fameux, qu'elle s'excusait, qu'elle aurait dû trouver quelque chose de mieux pour notre soirée.

Je pensais que je n'avais jamais vu une fille aussi belle et touchante que Lottie dans son embrasure de fenêtre, que cela faisait penser à un tableau, je le lui ai déclaré et elle a soulevé les épaules en souriant. Elle se penchait un peu et semblait inspecter la rue. Que regardes-tu ? ai-je demandé. Tu as l'air d'attendre ou de guetter quelque chose. Oh, a dit Lottie, j'attends toujours quelque chose qui changera ma vie, qui la transformera du tout au tout. Ce serait quoi ? lui ai-je demandé. Ton grand amour qui reviendrait ? Elle a tourné la tête et m'a regardée avec un air de surprise et de reproche. Puis elle a tourné à nouveau la tête vers la rue : oui, a-t-elle dit, mais c'est impossible bien sûr.

Elle n'avait pas grand-chose pour dîner. Des cornichons, un peu de jambon. D'ailleurs elle avait beaucoup maigri ces derniers temps. Mais j'ai de la musique ! a-t-elle dit avec son sourire d'Audrey Hepburn, et elle a mis de la musique.

Je trouvais tellement immoral qu'une fille comme elle ne soit pas pleinement heureuse. S'il y avait bien au monde une femme faite pour être pleinement heureuse, c'était elle. Je suis tellement désolée que tu ne sois pas heureuse, lui ai-je dit, à mon avis tu es faite pour le bonheur. Elle m'a regardée avec beaucoup d'affection. Tu es si gentille, m'a-t-elle dit, et tu as parfaitement raison, je suis faite pour le bonheur. Mais j'ai vu quelque chose, tu sais, un peu comme dans *Soudain l'été dernier* de Mankiewicz. Dieu soit loué je n'en suis pas devenue folle, tu vois bien que j'ai encore les pieds sur terre et que je me conduis d'une manière tout à fait normale. Mais bon, parfois je sombre dans une tristesse immobile, pétrifiée, alors que j'aimerais tellement danser, coucher avec de beaux hommes au type latin, de beaux bruns souriants. Et nous avons ri. De beaux bruns souriants ? ai-je dit. Oui, de beaux bruns ! et elle riait.

Tu vois, je ne peux plus aimer depuis que Tony m'a quittée, a dit Lottie. Mais ma libido, elle est encore vivante, elle était si vivante du temps de Tony, elle était même folle, de son temps à lui. Et elle s'est mise à pleurer, ce qui m'a terrifiée. Lottie, je t'en supplie, remets-toi, lui ai-je dit. Tony c'était Tony. Il n'y a pas qu'un seul homme au monde. Mais si ! a-t-elle dit. Il n'y en a qu'un seul, et je l'ai perdu, par ma faute !

Nous avons recommencé à fumer et à boire. Lottie fume et boit beaucoup plus que moi, mais quand je passe une soirée avec elle je l'accompagne. Attends, ai-je dit, là, tu dérives. Tu m'as dit que ta séparation d'avec Tony était d'une grande tristesse, mais que ta vraie tristesse, la plus profonde, remontait à plus loin, à quelque chose de tragique à quoi tu aurais assisté. Alors ne mélange pas tout !

C'est vrai, a dit Lottie qui se reprenait. Tu sais, j'en

ai assez des analyses et des psychanalystes. En fait, ils te font perdre un temps fou. Ton intuition va bien plus vite qu'eux. Bon. Disons que j'ai assisté à une certaine scène, et que depuis, je vis de mille manières de façon à échapper au puits, à l'abîme, au courant de cette scène tragique, qu'en général ça marche très bien, mais que la fuite de Tony a causé un désordre là-dedans, recréé la scène tragique, bref, suscité en moi un certain chaos.

Ok, ai-je dit à Lottie. Tu comprends tout. Alors pourquoi t'inquiéter. Un jour la fuite de Tony ne te causera plus autant de souffrance, ne réveillera plus le souvenir de la scène tragique. Patience, ma belle. Patience, patience. Et nous avons encore fumé, encore bu, il était deux heures du matin, elle était toujours dans son embrasure de fenêtre, mais plus calme, moins douloureuse. My God! a-t-elle dit, pardonne-moi, je suis si bête. Et je l'ai quittée un peu apaisée.

UNE PETITE ERREUR

Poursuivre ce qui est commencé est facile, inventer est ardu et après tant d'inventions, presque impossible, mais tout ce que l'on poursuit ne progresse pas forcément, disait Henry allongé dans un transat sous le poirier du jardin qui depuis cent ans ne donne que des poires trop vertes, dures comme des cailloux, ou blettes. Henry dit parfois ce genre de choses, d'un seul trait, ceci apparaissant comme le résultat d'une longue méditation effectuée au cours de son travail. Ce qu'il dit est en général juste et fort, toujours un peu abstrait à mon goût, pour moi qui n'aime que les images et les scènes et ne sais au fond vraiment lire que cela, mais ces phrases soudaines vous fixent un homme, sa pensée, le moment où il en est de sa vie.

Henry est mon meilleur ami depuis trente-cinq ans. Avec son chapeau de paille, ses chemises aux poignets retroussés qui portent des boutons de manchettes, ses longs pantalons de toile beige et ses souliers de cuir en plein mois d'août, lisant dans une chaise longue, il me fait forcément penser à Duncan Grant, Maynard Keynes ou

Lytton Strachey puisque ces figures bloomsburyennes ont eu un grand impact sur des personnes comme moi. Mais cette tenue qui est la sienne et va avec une sorte de dédain pour le confort physique, dédain que j'ai très bien connu car mon père le pratiquait du fait de sa génération, peut parfois se transformer en une autre, où des jeans accompagnés d'une veste serrée sur un blouson de toile étroit, tout cela surmonté d'un éternel chapeau tantôt brun, tantôt gris, tantôt noir, acheté dans une petite ruelle de Londres que je connais bien, au terme d'une longue discussion pleine de plaisanteries et de bons mots avec le vendeur qui ressemble à un évêque, lui donnent un autre style qui est au fond le même. Qu'Henry, en 2018, mais c'était le cas aussi en 1983, dorme avec une chemise de nuit et ne porte en guise de mules ou de chaussons que de vieilles espadrilles, et par-dessus la chemise de nuit, s'il fait frais, un pull marin bleu nuit et rêche, percé aux coudes, m'a toujours plu. Il me semble que je n'aurais jamais pu avoir un aussi grand ami s'habillant autrement.

L'histoire des vêtements d'un homme (ou d'une femme) dans une vie est quelque chose de passionnant, et je me suis toujours demandé pourquoi aucun écrivain, à ma connaissance, ne s'y était livré avec succès. Je crois que c'est très difficile à faire, car je m'y suis un peu essayée, pour voir, et j'en ai conclu que les vêtements comme les visages sont indescriptibles. Même si vous avez tout le vocabulaire nécessaire pour les matériaux, les coupes, les couleurs, vous ne pourrez jamais décrire un vêtement comme vous pouvez décrire un paysage ou un intérieur.

Il se peut que seul un visage mort soit descriptible, ai-je dit à Henry tandis que nous bavardions sous le poirier aux petites poires toujours vertes ou blettes, lui dans un transat de toile à rayures, moi dans un fauteuil de rotin tressé. Mais pour les vêtements, je n'ai pas d'explications. Même quand Proust décrit les tenues de la duchesse de Guermantes, on ne voit rien. Et nous avons cherché dans quels romans un écrivain décrivait très bien un vêtement. Peut-être que les mots désignant les vêtements renvoient trop, immédiatement, à des vêtements que nous avons connus dans l'enfance, ai-je dit à Henry. Par exemple, si quelqu'un dit « manteau », tu ne verras qu'un seul manteau au monde : celui que ta mère portait quand tu avais deux ou trois ans. Peut-être que les vêtements que portent nos parents nous font une très forte impression dans l'enfance, ai-je dit à Henry, peut-être même une impression énorme qui n'a pas encore été suffisamment comprise et étudiée.

Ensuite nous avons parlé de ma passion pour les vêtements, tout en déplaçant nos sièges sous le poirier et les bouleaux pour rester à l'ombre de leur feuillage, et j'ai dit à Henry que mon choix de vêtements, si important pour moi, et pour réussi qu'il ait pu paraître parfois, comportait en réalité, toujours, à mon sens, une erreur ou un défaut. Et que c'était d'ailleurs le cas pour la plupart des choses de ma vie, sauf en ce qui concerne mon amitié pour toi, ai-je dit à Henry. Mon amitié pour toi est une des rares choses de ma vie qui ne comporte pas un petit défaut, une petite erreur, cette légère distorsion ou ce curieux manquement qui caractérisent en général tous mes gestes, mes comportements, et même mes livres.

Comme il commençait à faire un peu frais dans le jardin, nous avons décidé de replier nos sièges, de les ranger à la cave et de remonter dans la maison pour y préparer le dîner.

À TRAVERS CHAMPS

C'est Charles qui nous traita de parasites. La façon dont il le fit fut soudaine et nous surprit. Nous en conçûmes aussitôt, en tout cas pour moi, une terrible gêne, et je proposai à Robert de quitter aussitôt cette maison où nous avions été invités pour cinq jours et où, en effet, nous comptions prolonger notre séjour de deux jours, à cause d'un problème de trains causé par une grève. Lorsque nous avions découvert que les trains du lundi et du mardi ne partaient plus, qu'on en assurait un sur trois, mais que même celui qui était assuré n'était pas si sûr et serait en tout cas bondé, nous en avions parlé à Charles, nous excusant de l'embarras que nous allions lui causer en différant un peu notre départ, et Charles avait réagi très simplement en ami, nous disant que cela n'avait aucune importance, que bien sûr nous pouvions rester deux jours supplémentaires et même trois ou quatre. Mais ceci s'était passé au petit déjeuner. Dès le déjeuner, il m'avait paru un peu moins affable, un peu moins ouvert que d'ordinaire, et je m'en étais inquiétée auprès de Robert qui m'avait dit : Penses-tu, il est seulement un peu fatigué ou bien il a la tête ailleurs. Il a bien insisté pour que nous restions, non ? Alors ne te fais pas de souci.

L'après-midi, Charles avait des occupations, comme cela arrivait parfois mais pas si souvent quand nous passions une semaine de vacances ensemble. Avec Robert et Jeanne, une autre amie qui passait quelques jours dans la maison de Charles, nous étions allés nous promener le long d'une rivière mais étions rentrés assez vite car le temps se gâtait, le ciel était devenu gris, l'air s'était rafraîchi et il avait commencé à pleuvoir.

C'est au cours du dîner qu'il y eut un échange, d'abord à fleurets mouchetés, puis de plus en plus agressif, entre Charles et Robert. Charles était dans son humeur sarcastique, dans un de ces moments que je n'aimais pas, où l'on ne pouvait jamais savoir s'il plaisantait ou non, et Robert, qui était descendu au dîner, bavard et plein de choses à raconter, avait aussitôt rencontré chez notre ami qui d'habitude adorait discuter, un drôle d'état d'esprit, ironique et hostile. Robert est si souvent pris par son propre enthousiasme quand il a découvert quelque chose, pensé à quelque chose de tout à fait nouveau, que dans ces cas-là il ne prend pas la mesure de l'humeur des autres. Il compte les embarquer dans sa joie et ne perçoit plus les signaux de froideur, de désintérêt, ni même d'exaspération que peuvent lancer les autres. J'essayai de détendre l'atmosphère, Jeanne aussi, en changeant de sujet, en m'adressant à Charles avec affection, mais nos efforts étaient vains. Robert en restait à son enthousiasme sans plus rien voir ni entendre de ce qui se passait, la colère de Charles montait en tournoyant, devenait aiguë, et c'est à ce moment-là qu'il dit : Ariane et toi, vous êtes des parasites. Robert qui a toujours été un peu sourd a cru qu'il avait mal entendu. En souriant, il a demandé : que dis-tu ? Charles n'a pas répété ses mots mais il s'est levé brusquement, a jeté sur la nappe sa serviette, est sorti de la salle à manger à grandes enjambées. Jeanne a dit faiblement : je ne sais pas pourquoi, Charles me fait toujours penser à Renny Whiteoak dans les *Jalna*. Puis elle a fait une pause de quelques secondes, et dans le silence consterné de la salle à manger, elle a laissé tomber comme pour elle-même, en murmurant : ou bien à Heathcliff... Mais cela ne nous avançait pas beaucoup. Robert avait les yeux écarquillés : Que se passe-t-il ? Ai-je dit quelque chose ? a-t-il demandé en se tournant vers moi. Non, non, simplement, tu n'as pas vu qu'il était agacé, ai-je répondu.

Parasites ? C'était tout de même très fort, comme mot. Et j'étais englobée là-dedans, il n'y avait pas de doute. Il avait bien dit : Ariane et toi, vous êtes des parasites. Que lui avions-nous fait, d'ancien probablement et de longtemps ruminé, pour qu'au cœur d'une amitié certaine — ne nous avait-il pas invités à venir passer quelques jours dans sa maison ? Les premiers jours n'avaient-ils pas été parfaits ? — jaillisse ce mot très dur qui était presque une insulte ?

Mais partir sur-le-champ était difficile. Nous n'avions pas de voiture, à la maison il n'y avait que celle de Charles qui était venu nous chercher à la gare le jour de notre arrivée, et la gare était à une dizaine de kilomètres.

Allons-y à pied ! proposa Robert. Commandons un taxi ? suggérai-je. Mais Robert voulait faire la route à pied, et au fond moi aussi, car cet exercice extravagant, d'autant que nous aurions à porter nos bagages à la main — Robert était opposé à la valise à roulettes qu'il jugeait affreuse —, compenserait d'une certaine manière l'extravagance de l'affront. Et c'est ainsi que le lendemain matin nous quittâmes la maison vers huit heures, faisant crisser le gravier du jardin, Robert avec un sac de cuir assez lourd puisqu'il était bourré de livres, moi avec un sac de toile plus léger mais tout de même bien plein car j'avais prévu les tenues nécessaires pour la chaleur, la pluie, les invitations éventuelles chez des voisins et les promenades. Plutôt que de suivre la route, Robert voulut passer à travers champs pour gagner du temps.

Nous n'avons jamais revu Charles ni Jeanne qui l'épousa l'été suivant. Dans les nouvelles, les romans, il y a souvent des chutes en forme d'explication qui permettent d'avaler une histoire et de bien la digérer. Dans la vie, parfois, il n'y en a pas. Quelque chose de terrible et d'inattendu se produit, que certainement la psychologie expliquerait, mais ni Robert ni moi ne sommes de grands psychologues. Pour lui je ne sais pas, mais en ce qui me concerne, j'ai toujours ressenti les ruptures comme venant du ciel, comme décidées par le destin qui travaille avec acharnement à la tapisserie de votre vie. Et jusqu'ici, rien n'a démenti cette impression.

IL Y A QUINZE ANS À LONDRES

Qui ? Un pâle visage entouré de lourdes odorantes fourrures. Dès son entrée dans la salle où doit avoir lieu la projection d'un film, son regard croise le mien. Elle bavarde avec des amis mais à plusieurs reprises tourne la tête vers moi. Je me demande si nous nous sommes déjà rencontrées, je n'ai aucun souvenir d'avoir déjà vu cette jeune femme qui ne doit pas avoir plus de vingt ans et porte une sorte de manteau des années trente. C'est elle qui vient vers moi avant que la projection ne commence, d'un pas décidé, avec un port de tête que je trouve royal : Je suis Ethel Clark, me dit-elle, la fille de Meagan Clark, je vous ai vue chez mes parents à Londres il y a une quinzaine d'années, mais vous voyez, je ne vous ai pas oubliée. Et elle sourit.

À vrai dire, je n'ai aucun souvenir non plus d'une Meagan Clark, même si le nom me dit vaguement quelque chose. Il y a en effet une quinzaine d'années, j'ai séjourné trois mois à Londres mais dans un drôle d'état d'esprit. J'y étais très seule, sans activité précise, sans projet d'aucune sorte, et je passais le plus clair de mon temps à circuler en ville dans des bus. Avant mon départ de Paris, des amis m'avaient donné des adresses d'amis à Londres, mais je ne les avais pas utilisées. J'avais trouvé une chambre chez une vieille dame du côté de Bayswater, je n'avais pas donné mon adresse à ma famille ni à mes proches, j'avais pris cette décision de passer trois mois à Londres parce que j'en avais assez du français, de parler français. Je voulais être dans un lieu où on ne parlait pas ma langue.

Ces trois mois avaient été l'expérience la plus vide de mon existence. Rien ne m'avait plu, rien ne m'avait intéressée, rien enthousiasmée. Peut-être traversais-je alors une sorte de dépression ? Je ne sais. La vieille dame de Bayswater s'inquiétait peut-être un peu pour moi car elle m'avait envoyée passer un week-end chez des amis à elle, à la campagne. La jolie Ethel dans son col de fourrure claire qui semblait doux et léger comme de la crème fouettée m'évoqua un instant un souvenir : j'étais allée déjeuner à Londres, mais je ne savais plus du tout comment j'avais fait la connaissance de ces gens, chez un jeune couple, parents de deux ou trois petits enfants. La femme qui m'avait reçue était donc peut-être en effet Meagan Clark ? La mère d'Ethel ? J'avais été impressionnée par sa capacité à préparer un déjeuner en dix minutes. En dix minutes, tout en me parlant, elle avait mis sur le feu un plat de viande et de légumes qu'elle arrosait sans cesse d'un jus ou d'une sauce, préparé une tarte aux pommes à une vitesse prodigieuse, dressé la table, et comme à l'époque je mourais de froid sans cesse et que c'était le cas aussi dans cette maison peu chauffée, « Have a bath ! » m'avait dit Meagan qui m'avait entraînée au premier, ouvert la salle de bains, donné des serviettes et fait couler un bain fumant. J'avais trouvé Meagan extrêmement sympathique et j'étais bien restée une heure dans ce bain brûlant, tandis qu'une petite fille — était-ce Ethel ? — parlait toute seule un anglais que je ne comprenais pas du tout, assise dans l'escalier.

Vous rappelez-vous si j'avais pris un bain chez vous alors que je ne vous connaissais pas du tout ? ai-je demandé à Ethel. Elle a semblé surprise et chercher dans sa mémoire. Non, m'a-t-elle dit, je ne me souviens pas de cela. Je me souviens que j'étais très impressionnée parce que vous étiez française, que vous ne compreniez rien de ce que nous vous disions et parliez un anglais très chaotique. Mais non, je ne crois pas que vous ayez pris de bain. Vous aviez un sac que je revois parfaitement, avec un fermoir de cuivre ou de laiton, que ma mère a trouvé très joli. Elle vous a demandé la permission de le regarder, de faire jouer le fermoir, et je me rappelle que le sac était vide. Vous avez dit que vous l'aviez volé, mais ma mère nous a dit que ce n'était pas le bon mot, que bien sûr vous l'aviez acheté mais confondiez les mots voler et acheter en anglais.

J'ai alors pensé qu'Ethel me confondait, elle aussi, avec quelqu'un d'autre, car je n'avais jamais eu de sac volé à fermoir de cuivre ou de laiton. Mais je n'ai rien dit. Pourquoi vouloir toujours rétablir la vérité ? Et d'ailleurs, laquelle ? Vous n'avez pas changé, m'a dit très gracieusement Ethel. Un tout petit peu bien sûr, mais vraiment à peine. Et vous non plus, Ethel, ai-je dit. Bien sûr vous êtes devenue une jeune femme, je vous trouve ravissante dans ce manteau et ce col de fourrure, vous transmettrez mon meilleur souvenir à votre mère.

C'est ainsi que nous nous croisons sur terre, parfois avec cette impression de nous être déjà rencontrés — ce qui d'ailleurs suscite bien souvent des amitiés et des amours, surtout des amours — alors qu'il n'en est rien. Ou bien c'est que nous nous sommes rencontrés dans des sortes de plis du temps, comme si le temps pareil à une immense couverture recouvrant un gigantesque lit formait ici et là des poches, des coudes, des tunnels obscurs où résident et subsistent mille de nos petites expériences et tous leurs objets. Je ne serais pas du tout surprise de tomber un jour, et prochainement, sur le sac à fermoir de cuivre ou de laiton, chez un brocanteur ou dans le vide-grenier d'une ville où je ne suis encore jamais allée. Je prendrai alors une photo, je l'enverrai à Ethel, et Ethel me dira : Oui, le voilà, c'est exactement le sac que vous portiez il y a quinze ans à Londres, je le reconnais.

ROMPRE À MON TOUR

Il faisait déjà nuit quand le train entra en gare de Bonn. J'allais retrouver, trente ans après, Selma qui avait été ma grande amie de jeunesse. Notre amitié s'était défaite comme se défont souvent les amitiés, sans cause précise, parce que nos chemins bifurquaient. Je commençais à écrire, Selma était tombée amoureuse d'un musicien allemand, et alors que nos goûts et nos intérêts avaient été sinon communs du moins très proches entre dix-sept et vingt-deux ans, elle était allée de plus en plus vers ses centres d'intérêt à elle, qui étaient la musique, le mysticisme, la philosophie, tandis que j'étais allée de plus en plus vers le mien, qui était la littérature. La rupture avait cependant été un peu rude et elle était venue de Selma. Nous nous étions retrouvées dans un café parisien où elle m'avait annoncé qu'elle avait décidé de rompre avec moi et de suivre son chemin. Je crois qu'ensuite je l'oubliai, comme sans doute elle m'oublia, même si je découvris plus tard, en la revoyant, qu'elle avait eu du remords d'avoir rompu de cette manière un peu brutale et craint de m'avoir profondément blessée.

Je me souvenais de Selma comme d'une fille qui arrivant un jour en vacances chez mes grands-parents, était descendue du train avec un énorme bouquet de fleurs des champs. Je me souvenais aussi comme elle s'était amusée à torturer un garçon timide qui était amoureux d'elle, en jouant à l'embraser le plus possible pour finalement ne rien lui donner. Une autre fois, amoureuse à son tour, elle s'était déclarée en remplissant de pétales de roses la boîte aux lettres de l'homme qu'elle désirait sans savoir l'approcher. Je me souvenais qu'elle lisait Nietzsche avec passion, que son père était pasteur, et qu'elle était d'un absolutisme auprès duquel ma propre exigence paraissait tiède. Je me rappelais enfin une très abondante correspondance dès que nous étions séparées et des conversations infinies dès que nous étions ensemble. Quelque chose d'un peu étrange nous réunissait parfois : une certaine cruauté.

Un jour, furetant sur Google à la recherche de traces de tel ou tel ami d'autrefois, je tapai son nom sur le clavier et découvris qu'elle vivait à Bonn où elle vendait des icônes. Il y avait une adresse mail, j'écrivis, prudemment, demandant à ma correspondante si elle était bien la Selma que j'avais connue, mais son patronyme étant très singulier, j'étais à peu près sûre qu'il s'agissait d'elle. Elle me répondit aussitôt, il y eut un échange frénétique de longs mails pour donner des nouvelles biographiques, dissiper des malentendus, faire part des deuils (chez moi), des naissances (chez elle), des amours, des emplois. Et nous décidâmes de nous revoir. C'est moi qui irais à Bonn, qui irais vers elle, puisque c'était moi qui avais voulu la retrouver.

Quand je descendis du train, Selma m'attendait sur le quai avec un énorme bouquet, non pas de fleurs des champs cette fois, mais de roses. Et ce qui me frappa aussitôt, c'était qu'elle n'avait pas du tout changé. Trente années de vie, d'expériences diverses, de joies et de souffrances, d'amitiés et d'amours, de voyages et de travail, de maternité pour elle, l'avaient laissée à ce point identique à la très jeune femme que j'avais connue que cela me mit presque mal à l'aise. Elle voulut m'emmener aussitôt sur une grève des bords du Rhin où elle aimait aller s'asseoir pour regarder le fleuve. Je trouvai très gentil qu'elle veuille ainsi m'associer, tout de suite, à un de ses plaisirs, mais j'étais fatiguée par le voyage et l'émotion à l'idée des retrouvailles, il faisait nuit, j'aurais préféré qu'elle m'emmène chez elle où je me serais un peu reposée avant notre dîner. Je pensai que décidément j'avais vieilli avec mon besoin de rythme tranquille et de repos, alors que Selma, pareille à celle qu'elle était, à celles que nous étions trente ans plus tôt, n'avait cure de repos, de rythme paisible. Elle était restée aussi ardente, vive, inventive, libre dans ses mouvements qu'autrefois. Je l'admirai pour cela, constatant (mais je le savais depuis longtemps) que de mon côté je n'éprouvais plus aucun plaisir à l'improvisation, à m'asseoir de nuit sur une grève où il fait un peu froid, à boire une bière au goulot, à bavarder avec une amie sous les étoiles.

Et non seulement Selma n'avait pas changé physiquement, avec son rouge à lèvres écarlate, son manteau de cuir et ses cheveux blonds, mais elle n'avait pas changé non plus dans sa manière d'être, ses paroles, sa conversation, son rire. Elle avait pourtant une fille de vingt-cinq ans qu'elle avait élevée seule, elle avait eu une vie assez difficile dont elle me parla un peu, mais aussi des satisfactions que je n'arrivais pas très bien à situer. Lorsqu'elle m'emmena dans son appartement, je fus à la fois émerveillée, intriguée et effarée. Cet appartement où elle vivait seule était énorme, occupant deux étages, pourvu d'une vaste terrasse, plein de meubles et d'objets intéressants, les uns venant de sa famille (je reconnus un lit-bateau que j'avais vu autrefois chez ses parents), d'autres sans doute achetés par elle (je reconnaissais son goût, très sûr), il était aussi plein de bibliothèques et de livres, de vases remplis de roses fraîches ou fanées... et dans un état de désordre indescriptible. Sur une table, sur une belle nappe maculée de taches, des assiettes non lavées et des verres à pied renversés faisaient penser à un lendemain de fête arrosée, sinon que ces verres, ces assiettes et cette nappe semblaient posés là non pas depuis douze ou vingt-quatre heures mais depuis des semaines. Dans sa cuisine, un amas de plats, casseroles, verres, assiettes et couverts débordait de l'évier et des espaces avoisinants, comme dans un conte frappé par un arrêt du temps qui a tout pétrifié, tout laissé « en l'état », dans un sommeil magique. Selma ne semblait pas voir ce désordre. Elle n'eut pas un mot pour l'expliquer. Je compris que c'était son monde, qu'elle vivait depuis longtemps dans ce monde-là, qu'elle n'en percevait pas le caractère étrange pour une visiteuse, qu'elle recevait sans doute peu de visites.

Mais par ailleurs, ni dans son comportement ni dans ses paroles elle ne donnait l'impression d'être une femme égarée. Elle traita quelques affaires au téléphone, parlant tour à tour et couramment en allemand et en anglais, me montra des photos de sa fille qui faisait ses études à l'étranger, sortit des livres que nous lisions ensemble du temps de notre jeunesse et m'emmena dîner dans un restaurant qu'elle aimait. De retour à l'appartement, ce qui me frappa, c'est l'accumulation dans laquelle elle paraissait vivre et que je ne lui avais pas connue autrefois : son portemanteau portait dix manteaux, une des grandes tables du séjour soutenait des liasses de dossiers et de documents, sa terrasse était remplie de plantes, et sa salle de bains, où je me rendis un moment avant d'aller me coucher dans une chambre, au choix, car il y en avait quatre disponibles, devait bien contenir une cinquantaine de flacons, de pots, de shampooings, de crèmes, d'huiles, de savons. Selma vit comme si elle était à elle seule huit ou dix personnes, me dis-je. Et même si cette accumulation et le désordre qui régnait un peu partout me paraissaient extraordinaires, je continuais à vouloir les prendre pour une forme courageuse et vitale de liberté, d'insouciance de la vie pratique, de jeunesse, que je comparais intérieurement à ma forme de vie à moi, devenue si réglée, si ordonnée, si pleine de petites habitudes qu'elle faisait parfois rire mes amis.

Il fut alors question d'un homme. D'un homme riche et puissant avec lequel Selma jouait, exactement comme autrefois avec le jeune homme timide qu'elle s'amusait à rendre fou d'amour pour aussitôt le rejeter. Je trouvai étrange cette persistance par-delà les années. Selma n'avait-elle jamais eu besoin d'amour et de tendresse, comme moi, comme tout le monde ? Était-elle enfermée dans cette roue du sadisme, ou y restait-elle parce que c'était la seule position qui lui procurât du plaisir ? Je trouvai que ce qui s'était développé en elle n'était pas ce que j'avais préféré chez elle. Et puis elle avait cette manière de nier, d'effacer les trente ans écoulés entre nous en reprenant les conversations d'autrefois qui n'avaient plus grand sens pour moi, nos débats, nos questions, auxquelles de mon côté j'avais fini par répondre d'une manière ou d'une autre au cours du temps, qui me jetait dans une sorte de trouble que je n'aimais pas. Peu à peu je me sentis m'éloigner d'elle. J'étais là pour trois jours, dès le deuxième il me tarda de repartir. Je continuais à admirer l'indépendance d'esprit qui l'avait toujours caractérisée, cette manière de ne penser que par elle-même que j'avais tant aimée et qui avait fait de nous de si grandes amies, cet éclat de rire très sûr qu'elle avait devant toute forme de bêtise, de vulgarité, de fausseté. Mais l'écart, comme entre deux branches d'un compas debout, qui avait commencé à se manifester lorsque nous avions vingt-deux ans s'était considérablement amplifié à mes yeux, devenant si ouvert qu'en dehors de cette rencontre intense à dix-sept ans, il ne nous restait au fond presque plus rien en commun.

Après mon retour à Paris, elle voulut poursuivre un peu nos échanges, moi pas, et je le lui dis, lui expliquant pourquoi. Je fermai aussi doucement que je le pus la porte. Elle ne tenta jamais de l'entrouvrir à nouveau. Puis je me demandai si, au fond, cette rupture décidée par elle lorsque nous avions vingt-deux ans ne m'avait pas beaucoup plus affectée que je ne l'avais pensé, et si je n'étais pas retournée la voir, trente ans plus tard, que pour rompre à mon tour.

QUAND MEURT UN PARENT PROCHE

Tard dans l'après-midi, une femme et un homme étaient assis sur un banc rustique. J'ai d'abord pensé qu'il s'agissait des personnages de Beckett dans *Premier amour*, car il me semblait que le livre commençait ainsi, avec un homme et une femme assis sur un banc, que je voyais toujours, j'ignore pourquoi, sur l'un des quais de l'île Saint-Louis à Paris. Au fond, quand je pensais à Beckett je pensais toujours à trois choses : à la circulation des pierres dans *Molloy*, au banc de *Premier amour* et à la mort de Beckett que j'avais apprise dans un café de Fontainebleau, par la télévision, alors que j'étais ce jour-là dans une situation amoureuse inextricable, qu'un homme voulait me présenter à sa femme et que je n'avais aucun désir de rencontrer cette femme car je n'avais strictement rien à lui dire. Heureusement, si je puis dire, Beckett mourut, au bon moment, à ce moment-là. Et cela me fit tant de peine — à vrai dire, j'eus l'impression, en apprenant la mort de Beckett, que l'une des dernières lampes sur terre s'éteignait — que mon histoire amoureuse embrouillée passa au second plan et ne m'intéressa plus du tout. Grâce à la mort de Beckett je pus affronter cette extravagante réunion qui consistait à nous faire dîner ensemble : l'homme que j'aimais, sa femme à qui il voulait me présenter, et moi, sans que je comprenne du tout quel était le but de cette opération. Je pense que d'une certaine manière il voulait demander à sa femme la permission de m'aimer, ou quelque chose de ce genre. Et qu'il voulait me montrer à elle pour qu'elle voie combien il était justifié de m'aimer, combien n'importe qui m'aurait aimée, même elle, en me voyant. À l'époque je ne comprenais pas bien, mais maintenant il me semble que cet homme était dans un extraordinaire tourbillon amoureux.

Ou bien tenait-il à tout partager avec sa femme ? Pas physiquement, car il n'y avait pas vraiment l'idée d'une relation sexuelle à trois, me semble-t-il. Mais enfin, ce n'était peut-être pas si loin. En tout cas, la femme savait mieux que moi pourquoi nous nous réunissions de manière si extravagante pour dîner dans un restaurant : l'homme qui m'aimait et qui était son mari, elle, et moi. Nous avions rendez-vous dans ce café où je ne sais trop pourquoi j'avais accepté de me rendre. Par curiosité ? Je ne crois pas. Vraiment, rencontrer cette femme ne me plaisait pas du tout. Mais peut-être, oui, ce doit être cela, avais-je eu pitié de mon amant que j'avais senti pris dans un tel tourbillon amoureux, une urgence si grande, que je m'étais dit : bon, acceptons cette réunion extravagante, cela lui fera du bien. Et je ne craignais rien de cette femme que je n'avais aucune envie de rencontrer, parce que je savais que cet homme m'aimait tant que rien ne pourrait rien y changer.

J'étais donc dans le café quand, cinq minutes avant leur arrivée — ils étaient en voiture et c'est lui qui viendrait me prendre pour m'emmener avec eux au restaurant —, j'appris par la télévision que Beckett était mort. Aussi, quand l'homme qui m'aimait et perdait un peu les pédales entra dans le café, ce fut, pour moi, comme s'il y avait une interruption, une suspension dans notre amour, à cause de cet événement tragique de la mort de Beckett. S'il n'y avait pas eu la mort de Beckett, sûrement serais-je entrée, même très mal à l'aise, dans ce jeu bizarre de la présentation à sa femme, et la situation aurait alors été pour le moins embarrassante. Au lieu de quoi, je le suivis, endeuillée par la mort de Beckett, jusqu'à la voiture où sa femme attendait, et tandis que nous roulions vers le restaurant qui, en plus, avait été choisi avec soin (quel genre de soin ?), je leur fis part à tous les deux de cet événement considérable qui changeait l'état du monde.

Au début, je pense qu'ils crurent que c'était une tentative de diversion de ma part, mais ils furent bien forcés de se rendre compte que ce n'était pas le cas, qu'en effet quelque chose venait d'arriver qui me touchait vraiment, et qu'à côté de cela, notre amour, à cet homme marié et à moi, qui certes était majeur, bouleversant pour nous trois, passait ce soir-là au second plan. Aussi, grâce à la mort de Beckett, la conversation si bizarre qui devait avoir lieu ne put avoir lieu. Chacun d'eux fit des tentatives raisonnables pour mettre notre sujet sur la table, et je m'efforçais de jouer le jeu poliment, mais la conversation n'arrivait jamais à prendre, car j'aurais trouvé vraiment choquant qu'un soir pareil on soit occupé par autre chose que par un certain recueillement, de même que le jour où meurt un parent proche, on ne passe pas sa soirée au théâtre.

C'EST UNE HYPOTHÈSE

Dans quelle vie ai-je tendu ces collets meurtriers? Cela me paraît si lointain. Je ne saurai jamais pourquoi j'ai été un assassin mais il se peut qu'il n'y ait pas d'explications. On croit toujours qu'il y en a, mais j'ai vu de nombreux cas où il n'y en avait pas. Au début je tuais sans le savoir, sans le vouloir, ça se faisait comme ça, à mon insu, je n'y étais quasiment pour rien sinon que j'étais la main. Puis, peu à peu, j'ai pris conscience de ce que je faisais mais je dois avouer que cela ne me tourmentait pas davantage. C'était comme un rhume des foins, un tic, une obligation : de temps en temps — à intervalles irréguliers — je tuais. Je n'en revenais ni meilleur ni pire, ni guéri ni troublé : je reprenais mon travail là où je l'avais laissé et je donnais un coup de collier pour rattraper le temps perdu car j'ai toujours été consciencieux dans mon travail, cela, nul ne pourra jamais le contester. Mon supérieur était content de moi. De temps en temps, quand je faisais des heures supplémentaires pour achever un dossier ou en préparer un d'urgence pour la réunion du lendemain matin, il passait sa tête souriante par la porte de mon bureau et me lançait : Décidément, vous êtes le pompier de service ! Les collègues un peu jaloux me surnommaient le pompier. Je le sais, d'autant qu'ils étaient facétieux et pendant ma pause-déjeuner déposaient sur ma table un petit camion de pompiers qu'ils avaient dû voler à leur enfant ou acheter au bazar de la ville. Du coup, je faisais une collection. Le 28 mars 2008 j'ai compté : j'avais vingt-huit camions de pompiers dont certains assez jolis, qui avaient dû coûter cher.

Quand on m'a interrogé sur les meurtres, on voulait absolument savoir les heures. À quelles heures ils avaient été commis. Je crois que c'est pour leurs statistiques concernant les tueurs en série : ils tracent un profil, et si tous les meurtres ont été commis à 14 h 10 par exemple, ils en déduisent quelque chose. C'est la même chose pour le mode opératoire : si à chaque fois la personne est étranglée et que sur son corps est déposée une coquille d'escargot par exemple, ils en déduisent autre chose. Moi je n'avais ni mode opératoire, ni horaire particulier, ni coquille d'escargot ou fétiche de ce genre. Je posais mes collets, je les posais là où évidemment je savais qu'on passerait — sinon, pourquoi les poser ? —, quelqu'un s'y prenait la patte et son histoire finissait là. Je posais des collets parce que j'avais vu mon grand-père le faire et que je savais le faire. Ce n'était pas tuer que j'aimais, c'était poser des collets. En grande partie, m'a dit quelqu'un, à cause des mots. L'expression « poser des collets » m'aurait paraît-il tellement plu que c'est pour cela que j'en aurais posé. Je trouve que c'est l'explication la moins bête que j'aie entendue.

Je leur ai dit aussi que cela faisait partie de ma vie, comme : m'éveiller, me lever, me laver, boire, manger, et tout ce qui s'ensuit. Dans ma vie il y avait seulement en plus : poser des collets. Les mots me faisaient parfois penser à un exercice de gymnastique : posez, décollez, posez, décollez, ou à un examen chez un médecin : inspirez, expirez, inspirez, expirez. Poser des collets n'avait jamais lieu la nuit car j'ai un rythme de vie assez normal, ai-je dit aux enquêteurs. J'aime beaucoup, aussi, le mot enquêteurs. Mais passons. Je dirais qu'en gros, mon rythme était : m'éveiller, me lever, prendre mon café, me laver, m'habiller, sortir pour aller au bureau, et c'est à ce moment-là que se posait la question de poser des collets. Le ferais-je maintenant ? Plus tard ? Ce n'était pas une torture, juste une question d'organisation de mon temps. Ma tante employait toujours ces mots : j'ai besoin de m'organiser, disait-elle. Quand on lui disait : je vais passer, peut-être aimerais-tu que nous allions voir une exposition ? Dis-moi à quelle heure tu viendras, disait ma tante, j'ai besoin de m'organiser.

Je trouvais toujours un moment pour aller poser mes collets car c'était une telle habitude que je faisais cela vite et bien, dans le mouvement pour ainsi dire, parfois même sans trop y réfléchir, la tête ailleurs. Après, et c'est ce que j'ai dit aux enquêteurs dont j'aime le nom qui les désigne, j'avais le sentiment du devoir accompli. J'aime aussi cette expression, « devoir accompli », mais je ne vais pas ici vous citer tous les mots ou toutes les expressions que j'aime, parce que cela ferait un roman ou un dictionnaire. Cela ferait un roman si je vous expliquais pourquoi et comment je les aime, cela ferait un dictionnaire si je me contentais d'en faire une liste par ordre alphabétique. Lequel ordre, comme disait ma grand-mère, et cette construction-là je l'aime aussi (entre parenthèses, juste un mot sur l'emploi de cette construction par ma grand-mère : elle racontait quelque chose et voulait être précise dans son récit : J'ai vu le boulanger ce matin, disait-elle, lequel boulanger m'a vendu un pain rassis), lequel ordre donc, alphabétique, serait tout à fait inapproprié, car l'entrée dans votre vie des mots et expressions qui vous plaisent a un sens caché et donc un ordre caché. C'est ce que j'ai dit aux enquêteurs, dont certains me paraissaient d'ailleurs sensibles aux questions littéraires. Aussi je me suis senti en confiance et j'ai développé : imaginons qu'un roman, un grand roman bien sûr, une vraie œuvre d'art, soit le bain révélateur des mots et expressions cachés qui vous ont tant plu. En leur disant cela, je savais que les mots « bain révélateur » allaient tellement me plaire qu'ils produiraient un petit séisme en moi. Bain révélateur, a dit, songeur, en se caressant le menton, le chef des enquêteurs. Et j'ai vu tout de suite que cet homme n'était pas un imbécile, ou, en tout cas, que les mots lui faisaient à lui aussi quelque chose.

Ensuite, nous avons parlé de ma conception du temps. Pourquoi avais-je dit : dans quelle vie ai-je tendu ces collets meurtriers ? Croyez-vous aux vies antérieures ? m'a demandé le chef des enquêteurs que j'ai trouvé, là, un peu moins malin. On peut songer aussi aux vies parallèles, lui ai-je dit. Et comme il semblait distrait : par ailleurs, je vous ferais remarquer qu'il s'agit d'un alexandrin, ai-je précisé, et les alexandrins, comme vous le savez sans doute (cela, c'était de la politesse, car je savais qu'il ne le savait pas), ont une espèce de pouvoir magique ou du moins hypnotique. Pourquoi pensez-vous que les pièces de Racine nous ont fait tant d'effet si ce n'est en grande partie à cause des alexandrins qui nous ont mis en transe ? Voulez-vous dire que vous êtes en transe lorsque vous posez vos collets meurtriers ? a demandé, cette fois très intelligemment, l'enquêteur en chef que j'ai admiré d'avoir si bien saisi la balle au bond. C'est une hypothèse, ai-je répondu. Une excellente hypothèse.

HYÈRES

Des tables et des sièges légers en vannerie s'alignent sous les stores extérieurs de toile rayée marron et blanc qu'on laisse déroulés en cette saison même la nuit. Nous sommes à Hyères, c'est la nuit, et le commencement de notre séparation a commencé. Il n'y a presque rien d'abord, même pas un premier signe, mais quelque chose dans l'air qui s'est si légèrement déplacé que bien fou serait celui qui y accorderait de l'importance. Il ne faut pas être sensitif à ce point, mais quelque chose a commencé et c'est moi qui l'ai vu : un mince chat noir a traversé la rue dans la nuit alors que nous étions assis amoureusement sur la véranda de l'hôtel, à manger une glace par ce beau soir de juin. La journée a été merveilleuse (bateau, soleil), nous nous entendons et nous aimons parfaitement (chambre, plage), mais je ne sais trop pourquoi : je n'aime pas ce carrefour dans la nuit où notre hôtel fait un angle. Il y a pourtant des palmiers à cet endroit et c'est joli, l'hôtel est charmant, la journée du lendemain sera une fête, comme chaque journée est une fête pour nous, et pourtant je n'aime pas ce carrefour silencieux où, silencieusement, se confondant presque avec la nuit, passera un chat noir que j'ai vu tout de suite, tenté mentalement de retenir sur le trottoir où il avançait tandis que nous mangions nos glaces, et quand je l'ai vu, sourd à mes intentions, à ma demande qui était presque une prière, traverser nonchalamment la rue où ne passait aucune voiture, j'ai eu froid dans le dos.

C'est là que tout a commencé, dirai-je des années plus tard à Ernst, et nous n'y pouvions rien, ni toi, ni moi. Ce n'était pas de notre ressort. Mais je sais aujourd'hui ce que j'aurais dû faire ; j'aurais dû suivre le chat. J'aurais dû laisser Ernst manger sa glace sur la véranda, le quitter sans lui fournir d'explication, rentrer dans la nuit de la rue, du carrefour, des palmiers, et suivre le mince chat noir qui aurait peut-être tourné la tête à un moment donné pour voir si j'étais bien là. J'aurais marché à son rythme, sans presser le pas, sans m'agiter ni l'appeler, nous aurions descendu la rue jusqu'à la plage, là, la queue soudain dressée et frémissante, il aurait hésité un moment, aurait pris sur la gauche, et je l'aurais suivi avec l'intention solidement arrimée en moi de ne pas le lâcher, notre promenade dût-elle durer mille ans.

Il m'aurait entraînée quelque part, c'est certain. Il m'aurait entraînée devant une énigme à débrouiller, un sphinx à qui répondre sans se tromper. Et j'aurais été tellement concentrée avec ma détermination que je serais parvenue à débrouiller l'énigme, à répondre au sphinx sans me tromper. Après quoi, j'aurais repris le chemin en sens inverse : je serais revenue là où avec le chat nous avions tourné sur la gauche, j'aurais repris la rue montant de la plage vers notre hôtel et son carrefour, et bien sûr, la nuit aurait cessé, le jour se serait levé, mon périple aurait duré mille ans mais j'aurais retrouvé Ernst sur la véranda en train de manger sa glace, comme si je n'étais partie que depuis une minute. Où étais-tu passée ? aurait-il dit distraitement, et notre séparation n'aurait jamais eu lieu.

IRÈNE ET MOI

Chevaucher, chevaucher, chevaucher, le jour, la nuit, le jour... Nous eûmes des corrections à faire dans ce manuscrit, toutes concernant le temps des verbes. Le livre, je l'avais écrit assez facilement. Tout s'était enchaîné, les subtilités et jongleries étaient arrivées d'elles-mêmes, le livre allait à une allure légèrement plus rapide que moi et je devais me dépêcher de l'écrire, les bouquets de phrases surgissaient comme dans un film en accéléré, les situations se formaient, se déformaient, avançaient, je n'avais en gros qu'à être au rendez-vous à chaque instant. Mais pour les verbes ! Tout fuyait, ils fuyaient sans cesse comme les têtes de Giacometti qui fuyaient sans cesse et je ne pouvais tout de même pas tout miniaturiser, miniaturiser à l'extrême, il me fallait les verbes et surtout le temps des verbes pour que l'histoire ait bien lieu. Or, ma difficulté était entre le passé simple et le passé composé. Je n'arrivais plus à sentir si c'était le passé simple ou le passé composé qui convenait, et parfois, c'était pire, je n'arrivais plus à sentir la différence, énorme pourtant, entre le passé simple et le passé composé. Il me semble, disais-je à Irène, ma correctrice, qu'en fait je suis à la recherche d'un autre temps, qui n'existe pas, qui n'est certainement pas l'imparfait, mais qui n'est pas non plus le passé composé ni le passé simple. Il s'agit, disais-je à Irène, du passé, c'est certain. Mais on dirait qu'il n'est ni simple, ni composé, ni imparfait, qu'il a d'autres qualités, d'autres caractéristiques, que la langue ne sait pas.

Et nous avions repris le livre depuis le début. Irène avait glissé de petits rubans de papier entre les pages qui lui semblaient comporter une erreur de temps qui la laissait perplexe. Et j'étais comme cette femme, une vieille amie de mon père dont nous comprîmes un jour qu'elle commençait à perdre la tête quand au cours du déjeuner quelqu'un employa le mot « biche » et qu'alors, se tournant vers mon père : biche ? dit-elle, qu'est-ce que c'est qu'une biche ?

Je demandai à Irène de me lire telle phrase au passé composé puis de me la relire au passé simple et j'essayais d'entendre la gigantesque différence qu'il y a entre : lorsqu'il est parti, j'ai fermé les yeux, lorsqu'il partit, je fermai les yeux, lorsqu'il fut parti, je fermai les yeux. Bref, il est parti, disait Irène pour détendre l'atmosphère et nous riions (imparfait).

Irène est une correctrice célèbre dans le monde de l'édition, elle a l'oreille absolue. Elle entend tout, la moindre nuance de mot, de construction, de temps, d'intensité, d'intention. Elle dit même que parfois elle entend trop et que d'une certaine manière cela l'empêche de lire car toutes les minimes erreurs que personne ne voit ni ne sent sont pareilles à des écueils, des rochers, pour elle. Elle m'a rassurée (c'est aussi son métier) en me disant qu'il n'y avait pas tant d'erreurs de temps que cela, dans mon texte, à peine une petite dizaine, a-t-elle dit, et, de plus, tu as parfaitement le droit d'employer le temps qui te chante même si à des oreilles comme les miennes il paraît erroné. Ton temps est à toi, m'a dit Irène. Oui, bien sûr, je le savais, mais un écrivain doit savoir exactement pourquoi il met le passé composé à tel endroit et le passé simple à tel autre, lui ai-je dit (ce qu'elle savait elle aussi), peu importe si ce n'est pas conforme à l'usage, je suis parfaitement d'accord avec toi, ai-je dit à Irène, mais aux yeux de l'auteur, cela doit avoir un sens, et même s'il ne peut vraiment l'expliquer, son intuition doit lui dire fermement que c'est le bon temps, que c'est celui-ci qui va et pas un autre.

Nous avons évidemment fait des blagues sur le bon temps, la recherche du temps perdu, et finalement, comme souvent après d'énormes débats intérieurs qui accouchent d'une souris, nous avons corrigé deux emplois du temps des verbes qui nous ont paru vraiment injustifiés. Là où il y avait un passé simple j'ai mis un passé composé, et à un autre endroit où il y avait un passé composé j'ai mis un passé simple. Nous avons relu tout le livre à haute voix, tour à tour, Irène et moi, et à la dernière page, il nous a semblé que, désormais, il tenait debout.

PAPA EST REVENU

C'est moi, mon oiseau. C'est moi. Papa est revenu. Revenir ? Comment le pouvait-il puisqu'il était mort ? Est-ce que je rêvais ? C'est moi, me voici, et il prenait sa voix théâtrale, cette voix qu'il aimait tant prendre quand il nous récitait quelque chose, un long passage, toute une scène qu'il savait par cœur. C'était alors très souvent le rôle de la femme qu'il jouait (Phèdre, Bérénice, Isé) et ma sœur détournait la tête parce qu'elle n'aimait pas qu'il prenne une voix de femme, qu'il se prenne, un moment, pour une femme. Mais il retombe tout de suite, lui disais-je, tu n'as pas à t'en faire, dès que la scène est terminée il redevient Papa. Certes, disait ma sœur, mais pourquoi, grands dieux, ce détour ? Pourquoi ce détour obligé ?

Papa est revenu, dit-il encore, et je m'enfonçai dans le fauteuil, souriante. Quelle bonne nouvelle ! lui dis-je. Vraiment, quelle bonne nouvelle que celle de ton retour ! Et il fit ce qu'il faisait toujours, car les morts, après tout, n'ont pas pris d'autres habitudes : il s'assit sur un fauteuil de son propre salon comme s'il était en visite. Car de son vivant aussi, il se conduisait souvent comme s'il était en visite chez lui.

Alors ? lui dis-je, quelles nouvelles ? Bah, dit-il en écartant d'une main élégante la fumée de la longue cigarette qu'il venait d'allumer, bah, ce n'est pas aussi extraordinaire qu'on le dit. C'est drôle, Papa, lui dis-je, tu reviens d'entre les morts, or je te trouve tout à fait semblable à celui que tu étais de ton vivant. Y a-t-il des gens qui de leur vivant reviennent d'entre les morts ? Qui sont là parmi vous, tout à fait vivants, et qui pourtant reviennent, comme à chaque instant, d'entre les morts ?

Je vois que tu continues à réfléchir, me dit Papa en me souriant affectueusement, avec ses sourires que je connaissais parfaitement, et cette fois, c'était son sourire de garçon de six ans, puis juste après son sourire de jeune homme de seize ans.

On y retrouve des gens ? lui demandai-je. Oh, dit Papa qui se leva pour aller rectifier la position de la pendule sur la cheminée et déplacer un peu un vase, puis se rassit en examinant la pièce avec satisfaction, j'ai retrouvé Billy, figure-toi. Puis il fit un peu d'ironie sur Billy qui était un vantard, et il rit en soulevant les épaules.

Je suis contente de te revoir, lui dis-je. Et la maison ? dit Papa. Tout va bien ? J'ai vraiment essayé de vous la laisser en bon état. Vous n'avez pas eu (dans ce vous, il faisait allusion à ma sœur et moi) trop de soucis, j'espère ? Non, lui dis-je, une fuite d'eau dans une mansarde, mais rien d'autre.

Je me demandai combien de temps il allait rester, si c'était un retour définitif ou non. Tu as une robe très élégante, me dit Papa avec un coup d'œil appréciateur. Je craignais un peu qu'il ne voie que nous avions vendu l'harmonium et une gravure pour renflouer nos caisses et nous permettre d'assurer nos vacances d'été dans son ex-maison qui était désormais la nôtre, mais que je ne pouvais en aucun cas considérer comme la nôtre car elle restait pour moi et pour toujours la sienne, tant il l'avait habitée. Mais s'il vit la disparition de quelques objets — et bien sûr qu'il la vit, rien de sa maison ne lui échappait —, avec sa discrétion coutumière, il n'en fit aucune mention.

De mon côté, j'aurais bien aimé à nouveau une tirade, une longue scène de *Partage de midi* ou d'*Athalie*, mais cela ne venait jamais de but en blanc, il fallait qu'il fût « chauffé » en quelque sorte par une conversation, qu'une émotion vive se soit emparée de lui, le conduisant aussitôt au théâtre, sur la scène, le faisant changer de voix et d'âme, de corps et de souvenirs. Il n'était absolument pas dans ses habitudes, je m'en rendis compte soudain, de prononcer des phrases comme « Papa est revenu », et encore moins de m'appeler « mon oiseau ». Il pouvait m'appeler « ma chérie » dans des moments de grands drames, de tragédies, mais en dehors du drame et de la tragédie, quand nous étions par exemple dans la comédie, la farce, les coulisses ou les loges, il m'appelait uniquement par mon prénom.

Papa est revenu, dit-il à nouveau, mais d'une voix plus faible, beaucoup moins assurée, bien moins joyeuse que celle de son retour, comme si d'une certaine manière il n'y croyait pas lui-même. Ta visite a été un enchantement, lui dis-je. Puis comme je me penchais pour ramasser un fil sur le tapis, je sus que lorsque je relèverais la tête, Papa serait parti.

MA CHEMISE TOLSTOÏ

Au cœur d'un été tout en or, lentement nous glissons sur l'onde. Nous sommes sur l'étang près du village, dans une barque de pêcheurs, j'ai seize ans et rien, rien encore ne m'est jamais arrivé. Tout va commencer, tout est encore en avant. Je porte une chemise dont je suis très fière, ce doit être l'un de mes premiers achats en solitaire, elle est longue, sans col, et je la porte ceinturée, comme Tolstoï. Tandis que la barque glisse sur l'eau noire, ma main dans l'eau cueille des nénuphars. Elle saisit leurs tiges vertes, tout doucement gluantes, les arrache, et c'est comme un élastique qui sort de l'eau, au bout duquel les vastes feuilles vertes et planes, rondes comme des assiettes, ont le vivant d'une oreille d'éléphant. Puis c'est la fleur, comme en caoutchouc, blanche et dure avec son cœur jaune. Rien au monde jamais ne me sera plus doux que l'eau du lac d'été noire et froide, noire et tiède, autour du corps. On joue dans la barque, on se renverse, on se fait passer par-dessus bord, on plonge, on s'engloutit, on ressort parmi les nénuphars aux tiges vivantes, rien n'a encore commencé, mais tout va commencer bientôt.

Après la barque, je rentre chez moi où ce n'est pas si gai. Il y a chez moi un deuil si terrible qui rend tout le monde si fou que vraiment, sans la barque, sans les nénuphars, sans l'attente de la grande Révolution qui va tout renverser, ce serait difficile. Je monte dans la chambre où je loge et où les nuits sont dures, très dures à cause de l'angoisse qui circule dans la maison, monte les marches, entre dans les chambres, en ressort, visite le grenier. Une nuit circule chez nous sans arrêt. Je me tiens dans mon lit comme un soldat équipé. Avec l'aube, l'angoisse s'apaise. Alors je dors, je rêve, je lis. Puis au matin : que ferons-nous aujourd'hui ? disent-ils tous. Et si nous allions au lac ? dit quelqu'un. On va au lac après le déjeuner. On détache la barque qui dort sous un petit hangar. On va sur l'eau, on met sa main dans l'eau noire et chaude, on touche des tiges de nénuphars et d'autres choses inconnues, on fait le tour d'une île qui doit mesurer deux mètres de circonférence et qui n'est qu'un morceau de pré, je porte ma chemise Tolstoï.

On va en barque sur l'étang, comme dans un poème d'Apollinaire (à cause du rythme), un cousin par alliance rame, une cousine jeune mariée dit des choses charmantes et sans poids. Comme les choses charmantes et sans poids sont précieuses ! Des gens vont même jusqu'à proposer des goûters, des groseilles, toutes ces choses en g, délicieuses et fruitées de l'été, tandis que nous avons hélas la nuit avec sa veuve magistrale qui grimpe les étages, erre et entre dans les chambres où il faut être soldat. Oui, un peu de jour encore, dis-je dans ma chemise Tolstoï que tout le monde admire beaucoup.

DIRTY OLD TOWN

Quand, en plein jour, la nuit tomba à Barcelone et se déchaîna cette tempête de pluie et de vent, je me dis que notre séjour en Espagne commençait bien mal. Dès notre arrivée, nous nous étions fait voler nos bagages. Hermann a toujours prétendu que c'était de ma faute, ce qui n'est pas absolument faux puisque j'étais censée surveiller nos valises, un peu en retrait sur le trottoir, tandis qu'il parlait à un chauffeur de taxi. Mais leur conversation dura à peine quelques secondes et quand Hermann se retourna vers moi, les valises avaient disparu. Elles contenaient, entre autres, nos billets d'avion, sa boîte d'aquarelles, ses carnets. Nous descendions chez Bridget, une amie anglaise établie à Barcelone, avant de repartir le surlendemain pour Minorque. Nous passâmes la première soirée à fouiller les poubelles des rues avoisinant le lieu de l'incident, espérant y retrouver au moins les aquarelles et les carnets. Mais hélas nous ne retrouvâmes rien. Hermann était blanc de rage mais surtout de chagrin à cause des carnets, j'étais évidemment consternée, mais aussi un peu fascinée par Bridget qui, très jolie avec un crâne rasé, pareille à une nonne punk, chantait sans cesse d'une voix de contralto, tandis que nous explorions les poubelles, une chanson des Pogues au refrain lancinant : *I kissed my girl by the factory wall...*

Quand, de nombreuses années plus tard, je m'épris de l'œuvre d'un romancier de Barcelone au point d'en faire un roman, à aucun moment je ne pensai à cette histoire. C'était comme si la Barcelone de mon romancier espagnol n'était pas la Barcelone des bagages volés, des poubelles fouillées, de la chanson de Bridget, mais tout à fait une autre ville, et d'ailleurs, quand après la parution de mon roman on m'interviewa et me demanda si j'étais déjà allée à Barcelone, non, disais-je, jamais. Et je le croyais.

C'est que la Barcelone de mon écrivain, je la voyais par sa fenêtre. Je ne sais plus s'il décrivait vraiment dans ses romans la vue qu'il avait de sa fenêtre, mais cette vue, en tout cas, je l'avais imaginée en le lisant. Donc j'avais une Barcelone n° 2 assez précise, concernant le quartier de mon écrivain auquel j'avais amalgamé des vues de Séville et de Grenade où j'étais allée, et une Barcelone n° 1 où je fouillais des poubelles avec Hermann et Bridget à la recherche de carnets enfuis où bien sûr Hermann avait noté des choses non seulement très importantes pour lui, mais pour nous.

Et les deux villes ne se rencontraient pas du tout. Les deux étaient des villes différentes, l'une imaginaire mais construite avec beaucoup plus de détails et de sûreté que l'autre, et cette autre qui avait bien existé, mais que depuis je confondais un peu avec le début du *Bleu du ciel* de Bataille, avait sombré pour finir (pardon Hermann) dans les eaux bleues de la Méditerranée au moment où nous embarquions pour Minorque.

Parfois j'écoute la chanson *Dirty Old Town* des Pogues sur le Net, et c'est comme si le film se déroulait à l'envers : notre bateau recule sur les eaux bleues, nous sortons sur le quai en marchant à l'envers, nous rejoignons de cette manière l'appartement où Bridget continue à avoir le crâne rasé, à être jolie et chanter d'une voix rauque, nous reculons encore, nous voici dans la rue de Barcelone où Hermann cherche un taxi. Et nous retrouvons nos bagages perdus.

WLADIMIR

Nous l'appelons Wladimir parce que c'est un nom rare et qu'en effet il était unique en son genre. Mais on peut aussi bien l'appeler Hermann, Bob, Pierre ou Phil. Le moins qu'on puisse dire, c'est qu'il ne remportait pas tous les suffrages. Les gens d'abord étaient séduits : Wladimir ! Wladimir ! disaient-ils, et ils le suivaient des yeux avec ce mélange d'attention souriante et d'inquiétude qui a toujours signalé la fascination.

Wladimir ne s'en souciait guère, et d'ailleurs, était-il conscient de cette attention inquiète qu'il suscitait ? Pas si sûr. Il était tellement pris dans ses pensées et sa grande pureté, il était si pareil, vraiment, à un innocent, qu'il pouvait se passer toutes sortes de choses autour de lui sans qu'il les perçoive vraiment.

Exemple de Wladimir, sous les arbres, dans la grande propriété de Madame Marin. Il joue avec le chien alors qu'on attend des ministres pour le déjeuner. Puis il dessine le chien dans son carnet de croquis au moment où les ministres arrivent.

Les ministres franchissent le portail de la maison de Madame Marin, l'un derrière l'autre, entre la chapelle et une autre maisonnette qui lui fait face (un pigeonnier ?), très jolies d'un point de vue architectural.

Madame Marin apprécie beaucoup Wladimir, probablement parce qu'elle est très intelligente et a beaucoup voyagé. Elle met Wladimir à sa droite, à table, et les ministres n'ont plus qu'à se serrer à l'autre bout.

Je dis à Wladimir : tu me fais penser à Rousseau chez Madame de Warens. À quoi Wladimir répond par un haussement d'épaules en fronçant très légèrement le sourcil.

Pendant le repas il tient tout à fait bien son rôle d'ami de la famille, de précepteur des enfants de Madame Marin. Non, il n'est ni extrêmement réservé ni discret : homme soumis, jamais on ne verra cela en Wladimir. Mais, chez lui, c'est toujours l'affection qui prend le dessus, en toute circonstance, absolument toutes les circonstances de la vie, et si un ministre lui est agréable parce qu'il a dit quelque chose qui intéresse vivement Wladimir, alors Wladimir jette sur lui un regard affectueux et lui parle comme si le ministre était son frère, l'ami de son enfance.

C'est un moment où moi, conformiste quoique grande amie de Wladimir depuis longtemps et invitée à ce titre à séjourner chez Madame Marin, j'ai toujours un peu peur, car il m'est arrivé de voir Wladimir choquer l'assistance par son immédiate fraternité.

Mais Madame Marin, qui est après tout la maîtresse de cette maison et qui a invité ce cortège de ministres, n'éprouve aucune crainte quand Wladimir devient affectueux et parle au ministre comme à son frère d'armes. Madame Marin aime cela. Je crois même qu'elle admire cela.

Moi, ce que j'aime et qui toujours me laisse baba, c'est que là où est Wladimir, toutes les relations entre les êtres sont changées. Au lieu de suivre leur direction habituelle, voilà qu'elles sont finement brisées, délicatement détournées, que toutes les fausses amitiés s'effondrent et que le plus secret, le plus humble ou embarrassé des convives se sent soudain restauré, élevé, présent bien autant et au même niveau que tout autre.

Wladimir ne fait pas cela volontairement. Il le fait parce que chez lui, ce qui domine, c'est l'affection.

Ensuite, parce que nous vivons une vie assez chic et Grand Siècle chez Madame Marin — en tout cas à mes yeux, car je n'ai guère l'habitude de ces usages —, nous nous promenons tous dans le parc, les ministres, Madame Marin, Wladimir, le chien et moi. Nous passons sous les arbres en longeant une rivière et Wladimir s'enflamme en parlant avec le vieux ministre qui en a vu, des choses. Mais il s'enflamme exactement de la même manière avec le chauffeur de Madame Marin, la cuisinière ou Dieu sait qui.

De retour à la maison, après le départ des convives, il dessine à nouveau le chien qui manifestement pose pour lui. Et il rit avec tendresse, avec chaleur, de le voir si beau.

UN PÉCHÉ

Un soldat s'en vint marchant au pas cadencé sur la grand-route : une, deux! une, deux! C'était une représentation théâtrale, en plein air, en plein été, dans le village de Deaut, derrière le chevet de l'église. Il y avait là tante Solaire et tante Amélie qui me regardaient d'un sale œil. Surtout tante Solaire. Tante Amélie était plus circonspecte. Depuis quelques mois, je couchais de temps en temps avec mon cousin Yvan, elles l'avaient appris, Dieu sait par qui, Dieu sait comment, et comme l'une était la mère d'Yvan et l'autre la tante d'Yvan (tout en étant ma tante d'un autre côté), cela faisait un peu de grabuge, mais un grabuge à bas bruit. Autrement dit, un chuchotement.

J'arrivai, jolie évidemment puisque j'avais dix-sept ans et elles, au moins cinquante. Je vis une grande sévérité haineuse sur le visage de tante Solaire, et une inquiétude dans les traits de tante Amélie. Je ne comprenais pas comment et pourquoi on pouvait haïr une jeune fille parce qu'elle couchait avec votre fils. Cela regardait-il ces gens ? Le fils était libre, nigaud, il avait vingt-trois ans et ne savait que faire de ses dix doigts sinon les fourrer dans les étuis des jeunes filles qui elles-mêmes souhaitaient les mêmes choses. Qu'y avait-il de mal à cela ? Quel désordre cela pouvait-il bien causer ? Bientôt l'été serait fini, chacun irait de son côté, j'abandonnerais le nigaud pour mes études et lui m'abandonnerait pour ses activités. Comme tante Amélie était plus circonspecte, je me dis, tandis que je m'asseyais sur une chaise en paille, auprès d'elle, pour suivre *L'Histoire du soldat*, que sans doute elle avait aimé, elle aussi, dans sa jeunesse ou plus tard.

Mais ce que je sentis pour la première fois dans cette compagnie — cette gêne, cette haine, cette impossibilité à dire, à se retourner contre moi —, je le ressentis ensuite à de multiples reprises dans ma vie, avec d'autres personnes, dans d'autres situations. Cela était toujours provoqué par mon comportement sexuel, réel ou imaginé. Parce que j'ai toujours couché avec qui bon me semblait, sans tenir compte des mariages, des usages, des liens familiaux ou amicaux, et sans doute parce que cela se sentait ou se savait, cent fois j'ai rencontré ces compagnies où les femmes surtout, plus que les hommes, mais certains hommes aussi parfois, me regardaient et s'adressaient à moi avec une sorte de prudence soupçonneuse, de distance interrogative, je dirais même d'effroi. Et j'en ai toujours souffert. Je n'ai jamais aimé cela.

Je n'ai jamais voulu dérober quiconque à quiconque, je n'ai jamais voulu transgresser les usages par esprit de révolte, désir de jeter le trouble. Bien au contraire. J'ai le plus grand respect pour les usages, les tabous, les interdits qui me semblent pour la plupart parfaitement fondés. Mais c'est sans compter sur ma propension à aimer qui est énorme. Quand j'aime et désire, s'agirait-il de mon grand-père, de mon petit frère, de la fille des voisins, de la sœur de mon amant, du mari de ma tante : j'y vais.

Pourquoi ? me demandait mon père qui comprenait sans comprendre, comprenait à moitié. Parce que le désir, le vrai désir, pas celui du plaisir physique, celui de la vie, celui qui exige de vous de vous unir aux choses et aux êtres qui vous plaisent, vous réjouissent, vous attirent comme des aimants, ne supporte pas le renoncement, lui disais-je. Et il hochait la tête.

Ne pas répondre à son désir est un péché, lui disais-je. Et cette fois il protestait, mais je voyais bien qu'il n'en pensait pas moins. Mon père était très fin.

C'est un péché car il faut vivre, car la mort nous attend, car aller droit vers ce qu'on aime est la seule direction qui vaille. Et, de plus, disais-je à mon père avec qui j'avais ce genre de conversations, quand je pense à la véritable peine, au chagrin que me causent ces personnes me regardant avec méfiance, hostilité, mais intérêt aussi — pourquoi ne me repoussent-elles pas ? Pourquoi sont-elles si curieuses de moi ? —, je m'étonne qu'elles ne prennent jamais, par ailleurs, la mesure de mon courage.

Mais c'était peut-être la mesure que prenait tante Amélie en me regardant de manière circonspecte.

UN BOUQUET DE PENSÉES

Il y a quelque temps, j'ai rêvé que je décrochais un fusil pour aller tuer l'éditeur des éditions Héros-Limite à Genève. Dans mon rêve, je lui avais envoyé un manuscrit il y avait des mois, envoi auquel il n'avait jamais répondu, malgré deux messages parfaitement courtois que je lui avais laissés sur son téléphone pour m'enquérir, après plusieurs semaines de silence, de la bonne arrivée de ce manuscrit dans ses locaux.

S'il y a une seule chose au monde que je ne supporte pas, et il vaut mieux que les gens le sachent, c'est l'absence de réponse.

Sinon, on peut me tromper, m'utiliser, me mentir, être grossier, blesser mon amour-propre, mes sentiments, m'envoyer promener : je n'y accorde pas beaucoup d'importance. Mais ne pas me répondre, c'est prendre un risque.

Dans la vie, je ne connais nullement la façade de l'immeuble de Genève où logent les éditions Héros-Limite (qui existent dans la réalité), mais dans mon rêve, je la voyais très bien. Dans une petite rue discrète, derrière une façade quelconque et au rez-de-chaussée, c'était un de ces locaux façon scriptorium, où chacun à son bureau, dans ce qui n'est rien d'autre qu'un « open space », travaille sans bruit, sans fumer et sans boire, l'air religieux, à sa tâche.

Dans mon rêve, décrochant mon fusil, je me réjouissais par ailleurs de me rendre à Genève, car il y avait très longtemps que je n'y étais pas allée, et je me disais qu'après l'assassinat de l'éditeur de Héros-Limite, j'irais bien me promener un peu en ville, flâner, revoir des lieux où j'étais passée autrefois. Je me dis que j'y prendrais même une chambre pour une nuit. Après tout, rien ne me réclamait d'urgence à Paris.

C'est donc dans ces dispositions meurtrières et voyageuses mêlées que je me dirigeais dans mon rêve vers la gare de Lyon, à Paris, après avoir pris mon billet sur Internet.

Dans la plus pure tradition du polar, j'avais glissé mon arme sous un imperméable — alors que dans la vie je n'ai jamais porté d'imperméable ; je n'aime pas ce vêtement —, et j'étais dans le bus 91 où un monsieur fort aimable qui avait engagé la conversation avec moi me parlait, je ne sais trop pourquoi, du film *Pickpocket* de Bresson.

Je n'avais jamais tué personne avec une arme à feu, mais j'en avais déjà eu envie, pensais-je dans le bus 91. Jusque-là, je n'ai jamais été assez folle pour passer à l'acte, me dis-je dans le bus 91, mais cette fois-ci, c'est bon, il y a tout de même des limites. Et dans mon rêve, je pensai que le mot limite n'était pas étranger à mon intention de meurtre, et que l'éditeur obstinément silencieux et invisible des éditions Héros-Limite aurait dû y penser au lieu de rêvasser et de faire le malin dans son scriptorium. Tout éditeur sérieux sait bien à qui il a affaire, pensais-je dans le 91. Mes éditrices habituelles, fort intelligentes, s'étaient toujours parfaitement arrangées, elles, pour que je n'aie nul désir de les descendre.

Mon p'tit gars, me dis-je en pensant à l'éditeur silencieux, fantomatique de Héros-Limite (et je parlais ainsi car la rage comme la haine rendent vulgaire), numérote tes abattis. Et je formulai mentalement cette phrase assez ridicule en pénétrant dans le grand hall de la gare de Lyon d'où partent les TGV, ces merveilleuses fusées au sol.

J'ai fait beaucoup de rêves très narratifs dans ma vie, mais celui-ci, j'en suis bien consciente, l'était particulièrement. Il n'y manquait vraiment rien : le jambon-beurre et la bouteille d'eau achetés à prix d'or dans un des bars de la gare, la consultation des horaires sur le panneau qui cliquette, l'observation des voyageurs, les militaires qui passent désormais sur les quais, par quatre ou six, comme des jouets d'enfant, l'air d'avoir vingt ans à peine. Moi, j'avais le fusil dressé sous le côté gauche de mon imperméable. Mais à propos, d'où sortait ce fusil ? Je n'avais jamais eu de fusil chez moi ! Je n'en avais même jamais touché un, manié un !

Dans mon rêve il était parfaitement installé, parfaitement familier, je savais très bien de quoi il s'agissait.

Je trouvai le trajet un peu long. J'avais emporté un roman qui très vite ne m'intéressa plus. Je regardais par la fenêtre. Je pensais à Genève. À ce type très bizarre que j'y avais rencontré autrefois et qui avait, selon lui, des « pouvoirs chamaniques ». On rencontre parfois (surtout dans la jeunesse) des gens très bizarres. En ce qui me concerne, j'en ai rencontré un grand nombre ; je les attirais, ils venaient vers moi. Si j'étais seule dans une ville de province à dîner d'une omelette dans la dernière brasserie ouverte, tous les fous de la ville quittaient leurs maisons et descendaient les rues pour venir vers moi. J'étais comme une lampe pour eux. Mais j'ai eu de nombreuses conversations avec ces fous, où, du point de vue de l'équilibre, je dominais bien sûr, qui m'ont intéressée. J'ai pu prendre, grâce à eux, la mesure de la solitude, mais aussi la mesure de quelque chose d'autre, de très précieux, que je ne vous dirai pas, car vous ne le méritez pas.

J'ai pensé à tout cela dans le rêve de mon train pour Genève. J'ai déposé mon arme dans le porte-bagages au-dessus des fauteuils. J'ai pensé que tuer l'éditeur infâme de Héros-Limite, qui osait ne pas répondre, ne m'intéressait plus. Qu'il n'avait qu'à aller se faire voir. Et j'ai pensé qu'à Genève, celui que je voulais retrouver, c'était ce fou écarquillé qui pensait avoir des « pouvoirs chamaniques » et qui m'avait offert, sur le quai, le jour de mon départ, un bouquet de pensées.

LE GRAND ÉCRIVAIN

Le « grand écrivain » américain était en Corse, dans le monastère où nous avions loué des chambres, Hilda et moi, caché en quelque sorte, pour le mois de mai, nous dit-il. Je ne comprenais pas pourquoi il avait besoin de se cacher à ce point. Certes il était célèbre, mais tout de même pas comme David Bowie. Neuf vieux moines étaient dans une aile du bâtiment, mon amie Hilda et moi dans une autre, et le « grand écrivain » (qu'il était en effet), dans une autre.

Toute la journée il travaillait à un roman, de temps en temps on le voyait dans le jardin du monastère aider le vieux moine Martin à planter ou désherber, parfois aussi il allait se promener à pied sans avoir besoin de se déguiser, car dans ces montagnes corses, peu de gens pouvaient le reconnaître. En fin de journée, il venait avec Martin prendre un verre dans la cuisine de l'aile où nous séjournions.

J'ai des photos que je pourrais vous montrer (certaines en couleurs, d'autres en noir et blanc) où l'on voit Hilda de profil dans l'encadrement de la fenêtre grande ouverte qui donne sur des nuages car nous étions en hauteur, le vieux Martin vêtu comme un homme de la campagne avec son chandail et sa casquette, le « grand écrivain », qu'on aurait imaginé partout sauf dans un monastère en Corse, parlant avec Hilda ou m'aidant à rédiger un article sur Katherine Mansfield que je devais remettre à mon retour de vacances. On forme un sacré quatuor, dit-il un jour.

J'ai alors un rôle que j'ai toujours eu en compagnie d'Hilda et que je n'ai jamais beaucoup aimé : celui de dame d'honneur, de parente pauvre en quelque sorte. J'accepte de tenir ce rôle, car comme le vieux moine Martin, comme le « grand écrivain » américain, comme la tenancière d'une auberge dans un village plus bas, comme tous les hommes, les femmes, les enfants, les chiens, les pierres, les passants, je suis fascinée par la personnalité et la beauté d'Hilda. Dans les fougères le long du chemin sous le monastère où nous partons nous promener chaque jour, tandis que nous parlons Hilda et moi, j'aspire à longs traits, je bois jusqu'à plus soif son charme considérable, unique, son incompréhensible intelligence. Moi aussi je m'en nourris, me dit un jour le « grand écrivain » américain, dans la cuisine, tandis qu'Hilda, le dos tourné, préparait quelque chose.

Nous avons alors vingt-cinq ans environ, Hilda et moi. Elle est depuis toujours — nous nous sommes connues à dix-huit ans — consciente du charme extraordinaire qu'elle exerce, à aucun moment elle n'en joue, et même, d'une certaine façon, ce charme la désespère car il n'a pas d'objet. Qu'on imagine par exemple un sculpteur ayant en main tous les instruments de son art (lime, maillet, poinçon, ciseau), sentant en soi la capacité de tailler des objets uniques et forts, mais ne disposant d'aucun bloc de pierre. Hilda est dans cette situation. Et c'est peut-être pourquoi pendant dix ans, au gré de nos voyages et de nos séjours ensemble, en Crête, au Danemark, en Italie, en Australie, je pourrai supporter (me réjouissant sans grande vertu de ce qui lui manque) d'être auprès d'elle cette sorte de parente pauvre, sans son charme, sans le génie de sa présence, mais possédant avec mes instruments et mon intention, mon matériau.

À MINUIT, DERRIÈRE CHEZ TOI

Aussi verte qu'une prairie, la carriole où une main tremblante avait peint « J. Jones, Gorsehill » s'arrêta sur les galets arrondis de la venelle entre *Le Pied de lièvre* et *Le Coup sec*. C'était un décor, ils étaient en train de tourner un film, et comme j'étais sortie me promener au hasard dans Paris, je m'arrêtai pour regarder. Des acteurs costumés attendaient leur tour, des techniciens déplaçaient des projecteurs et des caméras, de longs rails sur le sol. Un homme dont je compris qu'il devait être le cinéaste ou l'assistant du cinéaste se démenait, téléphonait. Que se passe-t-il ? demandai-je à une femme qui, comme moi, regardait la scène. Il manque une actrice, me dit-elle, elle a eu un accident de voiture en venant. Grave ? demandai-je. Je ne sais pas, dit la femme, en tout cas, il semble qu'elle ne puisse pas tourner.

À ce moment-là, les yeux du cinéaste ou de l'assistant du cinéaste me fixèrent tandis qu'il parlait de manière très agitée dans son portable. Il vint aussitôt vers moi. Vous êtes comédienne ? me demanda-t-il. Et je crus qu'il était agacé par la présence de badauds comme moi sur son plateau de tournage. Pas du tout, lui dis-je, excusez-moi, je ne voulais pas vous déranger. Vous ressemblez beaucoup à l'actrice qui interprète un des personnages du film, me dit-il, elle vient d'avoir un accident, vous accepteriez d'être sa doublure pour une scène ? Vous serez payée. Je le trouvai rapide, autoritaire, pas très courtois ni sympathique, mais pourquoi pas, lui dis-je, en pensant que ce serait une expérience amusante.

Il fallut me maquiller et me costumer dans une tente où toutes sortes de gens s'affairaient. Une jeune femme vint s'asseoir à mes côtés avec une liasse de feuilles où des lignes de texte étaient soulignées en rouge. Ce sont vos répliques, me dit-elle. Il y en a huit, ce ne sera pas la mer à boire. J'étudiai le texte, les phrases que j'aurais à prononcer. Qui est ce personnage ? demandai-je à ma voisine. Que veut-elle ? Que se passe-t-il pour elle ? Peu importe, dit le cinéaste ou l'assistant du cinéaste (personne ne m'avait encore renseignée sur les fonctions de cet homme) qui était entré en coup de vent sous la tente. Je ne renseigne jamais les acteurs sur la psychologie ni l'histoire des personnages. Dites ces phrases à votre manière, vous avez la voix qui convient, ça ira très bien.

Cela me plut. J'aimais bien l'idée qu'on se fiche de la cohérence du ton, je trouvais cela intéressant. Ce qui était très agréable pour moi, c'était que j'allais jouer cette scène pour mon pur plaisir, sans aucun enjeu professionnel puisque je n'étais pas actrice et n'avais rien demandé. Tandis qu'on me maquillait (à un point tel que je ne me reconnaissais pas du tout), je me dis qu'au fond c'était ainsi que je devrais écrire. Comme si je n'étais pas écrivain. Comme s'il n'y avait aucun enjeu professionnel dans le fait d'écrire et qu'il s'agissait seulement d'un jeu, d'une expérience amusante. Je me souvins d'un texte de Giacometti sur son enfance que j'avais trouvé superbe et qui m'avait paru atteindre cette superbe justement parce que Giacometti n'était pas écrivain. J'avais pensé qu'il n'avait pu l'écrire si librement — comme Picasso sa pièce : *Les quatre petites filles* — que parce qu'il n'était pas écrivain, quoique grand artiste bien sûr.

Je devais sortir de l'auberge *Le Pied de lièvre* et dire à un homme qui me croiserait dans la venelle sans me regarder ni s'attarder : « À minuit, derrière chez toi. » J'en déduisis que cette femme que je jouais avait un amant secret, soit parce qu'il était marié, soit parce qu'elle l'était, ou les deux. Ce ne fut pas très difficile de croiser l'acteur costumé qui s'avançait dans la venelle et de lui dire en le frôlant : « À minuit, derrière chez toi. » Le cinéaste ou assistant cinéaste était ravi : une seule autre prise, dit-il, et ce sera bon. Je ressortis de l'auberge et recroisai l'acteur à qui je redis : « À minuit, derrière chez toi. » Mais, déjà, dans cette deuxième prise, j'estimai que j'étais moins vraie que dans la première.

Ensuite arriva un acteur très célèbre et d'une morgue incroyable. Qui c'est celle-là ? demanda-t-il en me voyant, comme si j'étais un objet, une table. Étant actrice tout à fait par hasard et sans aucun enjeu : Celle-là ? lui disje. On ne vous a jamais appris à être poli ? Pour qui vous prenez-vous, acteur de mes deux ? (C'était la première fois de ma vie que j'employais cette expression, « de mes deux », et cela me ravit.) Il devint blanc, vert, rouge, personne, depuis des années, depuis qu'il était célèbre, ne l'avait appelé « acteur de mes deux ». Le cinéaste aussi était vert, blanc, rouge et tous les gens du tournage, rouges, blancs, verts. Et je me dis que c'était vraiment merveilleux de n'être pas dans ma partie. Que n'être pas dans sa partie vous assurait vraiment une grande liberté. Mais le problème, évidemment, c'est qu'au bout de cette après-midi de tournage, j'en eus assez de faire l'actrice (que je n'étais pas). Il me tardait de rentrer chez moi, dans mon si doux appartement, ses lumières chaudes, ses rideaux tirés, et de me remettre à lire et écrire, comme toujours.

EN SOURIANT

J'incline à penser..., commençai-je. Et moi donc! coupa brutalement Sherlock Holmes. Mais je ne me laissai pas intimider. J'incline à penser, repris-je (tout en trouvant cette expression un peu désuète), que dans cette histoire, l'assassin est un enfant. Un enfant, murmura Holmes qui se mit à dessiner sur son buvard des silhouettes de fillettes et de garçonnets. Il ne dessinait pas très bien, mais je voyais où il voulait en venir en faisant ces croquis : attirer quelque chose à soi. Une idée, une intuition.

Il n'y a qu'un enfant, lui dis-je, pour commettre un meurtre aussi cruel et ingénu. Il faut vraiment un enfant qui pense qu'il joue. N'importe quel psychopathe aurait mis de la violence ou du sordide, or, voyez ce meurtre, dis-je à Holmes, on dirait qu'il a été exécuté en souriant.

Nous avions affaire à une histoire bien triste. Un jeune père de famille, jeune professeur de grec ancien, récemment devenu veuf, et, d'après les témoins, très affecté par la mort de son épouse (une longue maladie), avait été retrouvé poignardé dans son jardin. Tout le monde avait évidemment pensé à un rôdeur, un fou de passage, ou un dingue qui l'aurait été secrètement dans l'entourage du professeur, mais l'enquête officielle, qui durait depuis des mois, n'aboutissait jamais à rien. Pas l'ombre d'une preuve, pas l'ombre d'un coupable.

Holmes s'était emparé de l'affaire qui l'intriguait, il avait évidemment ses idées, mais c'est moi qui mis le doigt sur la question de l'enfant. Quel enfant ? demanda Holmes. Un de ses élèves ? Non, dis-je à Holmes, un de ses enfants. Et Holmes, qui fait toujours des choses extraordinaires, se mit à tapoter du doigt, assez bruyamment je dois le dire, le rebord de son bureau.

Le jeune professeur avait trois enfants, deux filles et un garçon, de sept à quinze ans, auxquels bien sûr on aurait donné le bon Dieu sans confession (et je gage qu'on aurait eu tort). Ils avaient été interrogés avec mille précautions, mais ce qui m'avait frappé en assistant à ces interrogatoires qui avaient feint d'être des conversations chaleureuses entre adultes et enfants durement éprouvés par la vie, c'était la brillante innocence de la cadette. La fille aînée semblait embarrassée et bizarre, le petit frère, effondré par la disparition de son papa juste après celle de sa maman, mais la cadette était si justement émue, sa dignité était si belle, son regard si clair, la façon dont elle employait les mots si exacte, que je la vis assez bien, armée d'un piolet, d'un couteau, d'un poignard, assassiner son père dans le jardin avec élégance et talent.

Mobile ? demanda Holmes qui d'ordinaire ne s'intéressait pas tellement à mes suggestions. Folie, lui dis-je. Pure folie.

Mais l'enfant est-elle prise en charge par des médecins? Des psychiatres? demanda Holmes. Nullement, répondis-je à mon ami, et d'ailleurs, en dehors de ce meurtre que je suppose, notre jeune adolescente, quatorze ans, ne montre aucun signe particulier de trouble mental. Bonne élève, peu sociable, il est vrai, mais lisant beaucoup, rendant de petits services à la maison, s'occupant gentiment de son jeune frère, responsable, sérieuse. Les psychologues, dis-je à Holmes, lui ont fait faire des dessins, mais elle dessine toujours autre chose. Comment cela : autre chose? demanda Holmes avec un certain agacement. Eh bien, je ne saurais vous le dire exactement, elle dessine toujours des choses qui semblent être autre chose, dis-je à Holmes, un peu piteux de ne pouvoir mieux m'expliquer.

Je revoyais le corps du jeune professeur de grec dans son jardin, et en particulier son visage. Il avait l'air surpris, dis-je à Holmes, surpris que sa fille le tue. Et pourtant, dis-je à Holmes en bourrant ma pipe et en m'asseyant dans un fauteuil, car jusque-là je ne cessais d'aller et venir dans la pièce, ce qui d'ailleurs l'exaspérait — please, seat down! ne cessait-il de me répéter —, et pourtant, je jurerais que le jeune professeur de grec savait d'une manière ou d'une autre qu'un jour sa fille préférée — car il l'adorait — le tuerait.

Qu'est-ce qui vous fait dire une chose pareille! s'exclama Holmes qui avait de son côté un rapport très bizarre avec ses parents, mais passons, ce n'est pas ici le propos. Une lettre, dis-je, une espèce de lettre d'amour à sa fille, que les enquêteurs ont retrouvée, et qui signe son arrêt de mort en quelque sorte.

Qui vous dit, murmura Holmes, que ce n'est pas la fille de quatorze ans qui a écrit cette lettre d'amour, la faisant passer pour une lettre de son père, jouant son père en quelque sorte ?

J'y ai pensé, dis-je calmement à Holmes, car, tout de même, j'en avais vu des bizarreries dans ma vie de médecin. Oui, je pense que la lettre était en effet de la fille, qu'elle se racontait une histoire qui, pardon, Holmes, l'excitait beaucoup.

Holmes, qui était très pudique comme le montrent tous les livres relatant sa vie, rougit violemment. Les jeunes filles sont une drôle d'engeance, dit-il. Oui, répondis-je, mais mon cher Holmes, il faut rapidement arrêter cette meurtrière, car elle n'en est pas à un coup près.

Cette histoire fit un certain bruit. De mon côté, je pense souvent au jeune professeur de grec ancien, innocent, désemparé, terriblement malheureux de la mort de son épouse, et rencontrant un jour dans son jardin sa fille adorée, la plus aimée, levant un glaive en souriant, et l'achevant.

CE QUI MANQUE

La particularité de ce texte, c'est qu'il lui manque quelque chose, dit quelqu'un. Tout le monde dit : oui, c'est bien cela, c'est exactement cela, et ce qui est idiot, c'est que ce n'est presque rien.

S'il y avait cette chose qui manque, dit le critique en chef, alors ce texte serait vraiment parfait, ce serait vraiment un délice. Or, poursuivit un autre critique, on n'aime pas être privé de délice. Surtout quand c'est à portée de main et qu'il suffirait d'un rien, juste d'un chapitre peut-être, voire même d'un paragraphe ou seulement de quelques lignes qui lieraient l'ensemble, permettraient que cet ensemble soit comme déposé sur un coussinet, bien en vue, bien homogène, bien complet, pour qu'on admire le bijou ! dit une femme.

Dans ses interviews, fit remarquer quelqu'un, l'auteur a répété une chose bien étrange : « Mon point de départ, ça a été d'écrire quelque chose qui ne me ferait pas souffrir. » Comment cela ? s'exclama une femme : cet auteur souffre-t-il donc tellement quand il écrit ? Non, il paraît que ce n'est pas cela, répondit celui qui avait cité l'auteur : il dit que lorsqu'il écrit une histoire, celle-ci l'entraîne parfois dans des régions où il ne veut pas aller, alors, désormais, il met le holà. Dès qu'il est entraîné dans une région où il ne veut pas aller, il met le holà. Mais qu'est-ce que « ces régions où il ne veut pas aller » ? demanda prudemment un juré. Des choses autobiographiques crapoteuses ? Je ne crois pas, dit le critique en chef. En tout cas, il dit que ce n'est pas du tout ça. Il dit que ça a à voir avec la mort. (Grand silence.) La mort ? demanda une femme. Oui, reprit le critique avec une intonation fatiguée : la mort. On peut imaginer, dit la femme, qu'il a l'impression d'entrer dans un tunnel où tout rétrécit et s'assombrit. Il paraît que sa sœur, dit vivement une jeune fille qui jusque-là n'avait pas pris la parole, s'est tournée vers lui quelques minutes avant sa mort et lui a dit : viens avec moi. J'ai entendu cela à la radio. C'est incroyable qu'il confie des choses pareilles..., murmura une autre femme. N'importe, dit quelqu'un, le texte est quand même pas mal, mais il est vrai, reprit-il après un petit moment de réflexion, il est vrai qu'il lui manque quelque chose. À ce moment-là, ils regardèrent tous par la fenêtre. La salle de réunion était un peu triste, sans grâce, meublée uniquement d'une grande table aux pieds de métal, de chaises et d'un tableau.

La plupart des textes rassemblés dans ce recueil commencent par la première phrase d'un ouvrage de ma bibliothèque. Que leurs auteurs en soient ici remerciés.

Raymond Carver, *Les trois roses jaunes*
Claude Simon, *Triptyque*
Mario Soldati, *Les lettres de Capri*
Frank Wedekind, *Un mauvais démon*
Dino Buzzati, *Le rêve de l'escalier*
Sei Shônagon, *Notes de chevet*
Fiodor Dostoïevski, *Notes d'hiver sur impressions d'été*
Georges Simenon, *Oncle Charles s'est enfermé*
William Styron, *Face aux ténèbres*
Witold Gombrowicz, *Cosmos*
Baltasar Gracián, *Art et figures de l'esprit*
Daphné Du Maurier, *Les parasites*
James Joyce, *Giacomo Joyce*
Heinrich Böll, *La grimace*
Ambrose Bierce, *Histoires impossibles*
Llewelyn Powys, *Souvenirs terrestres*
Hermann Broch, *Les irresponsables*
Rainer Maria Rilke, *Chant de l'amour et de la mort du cornette Christoph Rilke*

Marie NDiaye, *Papa doit manger*
Lewis Carroll, *Alice au pays des merveilles*
Enrique Vila-Matas, *Le voyage vertical*
Robert Walser, *La rose*
Hans Christian Andersen, *Le briquet*
Dylan Thomas, *Portrait de l'artiste en jeune chien*
Arthur Conan Doyle, *La vallée de la peur*

Composition : PCA/CMB Graphic
Achevé d'imprimer
par CPI Firmin-Didot
à Mesnil-sur-l'Estrée, en juin 2020
Dépôt légal : juin 2020
Premier dépôt légal : mars 2020
Numéro d'imprimeur : 158659

ISBN : 978-2-7152-5444-2/Imprimé en France

372014